Hans Ernst

Auf Umwegen zum Glück

Hans Ernst

Auf Umwegen zum Glück

Roman

rosenheimer

6., überarbeitete Auflage

Titel der Originalausgabe »Der Läufer von Flurs«

Titelbild: Mauritius Die Bildagentur GmbH – Pöhlmann
Redaktionelle Bearbeitung: Petra Schnell, Stephanskirchen
Satz: Buch-Werkstatt GmbH, Bad Aibling
Druck und Bindung: Wiener Verlag, Himberg
Printed in Austria

ISBN 3-475-53382-0

– 1 –

Der Stögerhof war eines der schönsten und größten Anwesen im ganzen Tal. Wie eine Trutzburg stand er droben auf seiner Höhe. Hell schimmerte das weiße Gemäuer unter dem dunklen Holzwerk. Bis hoch hinauf zum Wald und hinunter fast bis nach Flurs reichte der Besitz.

Der Bauer war ein rüstiger Fünfziger, mit dunklem, kurz geschorenem Vollbart. Ein kantiger Kopf saß auf einem breiten Nacken, die starken Brauen standen wie Wollknäuel über den schwarzen Augen.

Lorenz Breitenbacher trug ein stolzes Wesen zur Schau, führte im Gemeinderat ein gewichtiges Wort und ließ die Dinge in aller Ruhe an sich herankommen. Dort prallten sie dann ab wie an einer Mauer, oder er nahm sie gelassen an sich und verwandte sie für seine Pläne, die durchaus kühn und unternehmungslustig waren.

Sein Weib hatte er sich aus dem Navistal, aus Matrei, geholt. Sie starb ihm nach fünfzehnjähriger Ehe in dem Augenblick, als sie ihm einen Sohn gebären wollte. Das war ein schwerer Schlag für ihn. Um dieses erhofften Sohnes willen hatte er die Tochter Julia nie mit sonderlicher Liebe umgeben. Es war, als habe er es ihr nie verziehen, dass sie als Mädchen zur Welt kam. Aber als man dann die Frau mit dem Neugeborenen ins Grab legte, versuchte er mit beinahe hilfloser Verlegenheit, das Vertrauen des Mädchens für sich zu gewinnen. Doch da war es schon zu spät. Julia hatte bereits im frühen Kindesalter die Lieblosigkeit des Vaters gespürt. Er hatte sie zwar nie geschlagen, aber wenn sie seine Hand streicheln wollte, zog er sie zurück, und auch sonst hatte Julia allüberall gespürt, dass der Vater sich an ihr nicht freute.

Als er sich ihr nun, plötzlich alleine erziehend, väterlich zuneigen wollte, nahm sie diese Liebe als etwas, mit dem sie nichts anzufangen wusste. Der Bauer wurde fast ärgerlich darüber, aber Julia war schon zu selbstbewusst geworden durch die Fülle der Pflichten, die die Mutter ihr hinterlassen hatte, dass sie den Zorn des Vaters gelassen hinnahm.

Lorenz Breitenbacher wurde im Laufe der Zeit mächtig stolz auf seine Tochter. War sie bis zum vierzehnten, fünfzehnten Jahr ein etwas verträumtes, ungelenkiges Kind, so wuchs sie von da an bildhübsch heran. In dem schmalen, gebräunten Gesicht glühten große dunkle Augen wie Sterne. Ihr Mund war weich, und dahinter schimmerten perlweiße Zähne. Julia schoss in die Höhe und wirkte mit sechzehn Jahren schon so wie andere Frauen mit zwanzig. Ein freies, stolzes Wiegen war in ihrem Schritt, und die Burschen begannen die Hälse zu recken, wenn sie durch Flurs ging. Aber ihr Sinn stand nicht danach. Sie war sich nicht bewusst, dass sie schön war, und hatte in ihren Augen noch immer den träumenden Glanz von Kindern, die an Märchen glauben.

Aber immerhin, der Bauer war stolz auf Julia. Er griff sich zuweilen in den Bart und sah ihr nach. Ganz die Mutter wird sie, stellte er dabei fest. Wenn es an der Zeit ist, werde ich ihr einen tüchtigen Mann besorgen. Freilich, ein Sohn wäre mir lieber, dann bliebe der Name Breitenbacher auf dem Hof, wie er es seit dreihundert Jahren war.

Bei jeder Gelegenheit sprach er von seiner Tochter. Im Wirtshaus brachte er gern die Rede auf sie, rühmte ihre Tüchtigkeit im Haushalt und ihre Umsicht in allen Dingen. Wenn dann gar einer durchblicken ließ, dass er einen Sohn habe, dann lachte er laut und ein wenig spöttisch.

»Den Mann, den meine Julia braucht, den such ich ihr selber. Ist mir nicht jeder gut genug, Bauer zu werden auf dem Stögerhof. Der ist ein kleines Königreich.«

Sonntags holte er den blitzblank geputzten Wagen aus

der Garage und fuhr mit Julia nach Innsbruck. Da freute es ihn, wenn die Leute sich nach ihnen umdrehten. Julia überragte ihn schon um einen halben Kopf. Aber bei dem langsamen Schreiten durch die Straßen der Stadt reckte er sich unwillkürlich, um nicht gar so klein neben ihr zu wirken. Und er gab sich redlich Mühe, nicht mit dem Fuß zu klappern, denn zuweilen machte ihm eine frühere Verletzung am rechten Bein arg zu schaffen.

Es schmeichelte seiner väterlichen Eitelkeit, sich mit ihr sehen zu lassen. Er führte sie in ein Weinhaus oder in einen Wirtsgarten, wo viele Leute waren, denn er sagte sich: Sie braucht ein wenig Ablenkung. Ihre Pflichten sind schon zu groß und verlangen zuweilen eine Zerstreuung.

Von den Absichten des Vaters hatte Julia keine Ahnung. Sie fuhr zwar gern nach Innsbruck – es gab dort so viele Sachen in den Läden zu sehen –, aber ebensogern wäre sie daheimgeblieben und in den Bergwald hinaufgewandert, wie sie es als Kind so oft getan hatte, um dort den wunderbaren Dingen nachzuforschen, die im Walde webten und lebten.

Einmal sagte der Vater, halb im Spaß, halb ernst zu ihr: »Julia, du kommst jetzt allmählich in die Jahre, wo die Burschen sich nach dir umdrehen. Nimm dich in Acht.«

Daraufhin zuckte sie meist nur achtlos die Achseln. Sie wollte an solche Dinge noch keine Gedanken verschwenden. Mochten die Burschen doch auf sie schauen! Sie konnte es ihnen nicht verwehren. Sie lachte zuweilen sogar mit ihnen oder erwiderte schlagfertig einen Scherz; war sie doch mit den meisten von ihnen zur Schule gegangen. Aber sonst stand ihr Sinn nach anderen Dingen, obwohl sie nun schon bald achtzehn war.

Zu dieser Zeit bekam der Stögerbauer einen neuen Knecht. Er brauchte ihn dringend, denn es waren die Tage der Heuernte, und einer war ihm nach einem Streit davongelaufen. Vielleicht hätte er den Maximilian Brunner sonst gar nicht genommen, denn man hielt im allgemeinen nicht viel von ihm, obwohl eigentlich niemand ihm etwas Schlechtes nachsagen konnte.

Er wohnte mit seiner Mutter droben im Wald in einer ehemaligen Jagdhütte, half ihr Kräuter und Wurzeln zu sammeln, und manchmal mochte ihm vielleicht ein Rehbock über den Weg gesprungen sein, der nachher in den Pfannen seiner Mutter braten musste. Aber niemand konnte ihm Derartiges beweisen. Er lebte schlecht und recht mit seiner Mutter da oben und kümmerte sich nicht weiter darum, dass die Leute sagten, Kräutersammeln sei wohl keine Arbeit für einen kerzengerade gewachsenen Burschen.

Zwar trug auch diese stille Arbeit ihren Segen, denn die Josefa Brunner heilte mit ihren Tränklein und Salben Menschen und Vieh. Die Leute hätten also allen Grund gehabt, ihr dankbar zu sein. Aber es gehört zum Übel der Welt, dass man armen Menschen nicht dankbar ist. Ebenso hätten die Leute bei Maximilian Brunner den Willen zu redlicher Arbeit feststellen können, als er beim Stöger für den fortgelaufenen Knecht in die Bresche sprang. Aber das nahmen sie stillschweigend zur Kenntnis. Er blieb eben nach wie vor der Abkömmling eines wunderlichen Waldweibleins, um deren Leben sich etwas Geheimnisvolles rankte, obwohl sie nichts dafür konnte. Sie war nur einsam geworden, als ihr Mann starb. Sie hatte es oft bitter genug empfunden, dass man ihr und ihrem Buben mit gewisser Scheu begegnete, und dass man sich ihrer nur dann erinnerte, wenn man sie für einen Kranken brauchte, bei dem es oft nichts mehr zum Helfen gab.

Maximilian Brunner kam also in seinem neunzehnten Lebensjahr auf den Stögerhof. Er war ein stämmiger Bursche, ungepflegt in seinem Äußeren, wortkarg und verschlossen. Ein seltsames Feuer glühte in seinen Augen, die so schwarz waren wie das dichte Haupthaar, das ihm in wirren Locken in die Stirn fiel.

»Du kommst mir wie gerufen«, meinte der Stöger, als Maximilian in die Stube trat und sagte, er habe gehört, dass dem Stögerbauern ein Knecht davongelaufen sei, an dessen Stelle er treten wolle.

Maximilian schwieg, darauf und ließ den Bauern weiterreden.

»Es wird dich wohl ein wenig hart angehen«, meinte der Stöger. »Die Arbeit hier ist kein Kinderspiel wie das Kräutersammeln. Kannst du überhaupt Bauernarbeit?«

»Ich meine, der Bauer könnte es doch mit mir versuchen«, antwortete Maximilian bescheiden.

Der Stöger griff sich in den Bart und ließ ein kurzes Lachen hören. »Ha, versuchen – kein schlechter Witz. Na, gewachsen bist du ordentlich. Wenn du anpacken willst – zahlen werde ich dich nicht schlecht. Auch das Essen ist gut bei mir, du wirst dich wundern. Bei euch droben in der Hütte wird sicher oft der Schmalhans Küchenmeister gewesen sein, was?«

Maximilian furchte die Stirn. »Gehungert haben wir nie«, sagte er trotzig.

»Aber Leckerbissen werdet ihr wohl auch nicht gehabt haben. Na, mir kann es recht sein. Kannst gleich naufgehen zur oberen Wiese. Die andern schaffen im Heu.«

Als Maximilian die Stube verlassen wollte, trat Julia ein. Sie begegneten sich auf der Schwelle und sahen sich für Sekunden in die Augen. Dann schloss die Tür sich hinter Maximilian.

»Was ist denn das für ein wilder Bursche?«, fragte Julia den Vater.

»Ein neuer Knecht«, antwortete der Bauer. »Er ist drüben auf der anderen Seite des Tales zur Schule gegangen, darum kennst du ihn nicht. Aber von der Brunner Josefa wirst du schon gehört haben. Er ist ihr Sohn.«

»So, von der Brunner Josefa«, sagte Julia und schaute nachdenklich zum Fenster hinaus. Sie sah Maximilian mit ausgreifenden Schritten den Hügel hinaufmarschieren. Dann wandte sie rasch den Kopf. »Ich wollt nur fragen, Vater, ob jemand Zeit hat, ins Dorf zu gehen. Salz ist ausgegangen und das Salatöl.«

»Ist niemand daheim?« fragte der Bauer, aber er sah ein, dass ihm nichts anderes übrigblieb, als selber nach Flurs zu gehen, um die Sachen zu holen.

Julia werkte darauf wieder in der Küche. Bis es Mittag war, musste das Essen fertig sein. Es gab heute Schweinernes, im Kraut gekocht. Das würde dem neuen Knecht sicherlich gut schmecken, wo er doch der Sohn der armen Kräutersammlerin war.

Maximilian war unterdessen auf der Wiese angelangt. Die Leute gafften wohl, aber er fragte kurz, wer hier anzuschaffen habe und was es für ihn zu tun gäbe.

Der Großknecht wies ihm die Arbeit an. Er musste mit den Mägden das Gras anwerfen. Wahrhaftig, ein Kinderspiel war es, und auf dem Heimweg sagte er: »Am Nachmittag möcht ich mit euch mähen. Die Weiberarbeit passt mir nicht recht.«

Da sagte die mollige Stallmagd Christl spöttisch: »'s Kräutersammeln ist doch auch keine Mannsbilderarbeit.«

Mit einem Ruck drehte er sich um und packte ihr Handgelenk so fest, dass sie vor Schmerz aufschrie. Seine Augen wurden klein vor Zorn.

»Du, hör, was ich dir sage. Und ihr andern sollt es auch gleich wissen. Ich bin nicht gewillt, mir etwas am Zeug flicken zu lassen. Wenn eins von euch was gegen meine Mutter sagt, den schlag ich windelweich, ganz gleich, wer es ist.«

Maximilian besann sich hernach erst, dass er sich nicht so zornig hätte zeigen sollen. Aber er hatte sich damit gleich zu Beginn Achtung verschafft.

Julia trug das Essen in die Stube. Alle saßen um den großen, runden Tisch im Herrgottswinkel und warteten, dass ihnen die dampfende Schüssel vorgesetzt würde.

Der Bauer schöpfte sich zuerst heraus. Aber bevor er seinen Teller voll hatte und der Großknecht an die Reihe gekommen wäre, sagte Julia mit heller, vor Spott singender Stimme:

»Es wäre vielleicht angebracht, wenn der neue Knecht sich die Hände waschen würde, bevor er zu Tisch geht.«

Still wurde es.

Julia sah, die Arme über der Brust verschränkt, mit zusammengekniffenen Augen auf Maximilian.

Der wurde rot bis unter die Haarwurzeln, zog verlegen seine Hände vom Tisch und stand dann auf. Wortlos verließ er die Stube, obwohl jeder darauf gefasst war, dass er in Zorn geraten würde. Nein, ganz geduldig ging er hinaus, und man hörte draußen am Brunnen das Wasser plätschern. Aber er kam nicht wieder herein, warf sich hinter dem Haus ins Gras und presste die Fäuste an den Mund, um nicht hinauszuschreien vor Zorn und Scham. Eine Handvoll Johannisbeeren war für diesen Tag sein Mittagessen, dann ging er an die Arbeit.

Am nächsten Morgen zog Maximilian wieder mit zur Wiese hinauf. Er mähte in breiten Schwüngen und spürte, wie er mit jeder Mahd mehr und mehr von seinem bisherigen inhaltslosen Leben begrub, und er horchte mit beinahe kindhaftem Lächeln auf das Rauschen der Sense.

O ja, er konnte arbeiten! Das sahen alle, und er selbst begriff nicht ganz, dass es ihm bisher ohne Arbeit behaglich gewesen war. Konnte er der Mutter auf diese Art nicht mehr nützen? Er wollte ihr jeden Sonntag seinen Wochenlohn bringen, wollte Heller für Heller zusammenlegen, bis es dann so viele waren, dass man die Hütte ausbessern konnte. Ja, das würde er tun! Dahin ging sein Sinn, und deshalb packte er alle Arbeit mit lustvoller Freude an.

– 2 –

Drei Tage war er nun auf dem Stögerhof, und schon am ersten Tag hatte er gemerkt, dass Julia ihn nicht leiden mochte. Sie hatte bisher überhaupt kaum mit ihm gesprochen. Das erste Wort war gleich eine beschämende Demütigung für ihn gewesen. Und er wusste selber nicht recht, warum er dies so stillschweigend eingesteckt hatte. Hätte es ein anderer gesagt, er hätte um sich geschlagen, jawohl. Aber gegen so viel Schönheit war er machtlos.

Vielleicht wusste er selber nicht recht, dass er immer hinter Julia hersah. Er tat es wirklich ganz unbewusst, aber auch ebenso unauffällig. Julia jedoch merkte es und lehnte sich dagegen auf.

Maximilian tat in der Folgezeit das, was vielleicht manch anderer nicht getan hätte. Er gab sich Mühe, den Unwillen Julias nicht mehr zu erregen. Er wusch sich die Hände häufiger als die anderen drei Knechte zusammen. Er begann, sich in der Woche zweimal zu rasieren, und zog am Abend ein sauberes Hemd an. Das Haar hing ihm nicht mehr wirr und wild in die Stirn. Er trug es gescheitelt und gab seinem Gesicht dadurch einen ganz anderen Ausdruck.

Eines Abends traf die Julia ihn, blieb, erstaunt über die Veränderung, die mit seinem Äußeren vor sich gegangen war, einen Augenblick stehen, und sah in seine Augen, die zu fragen schienen: Ist es recht so? Aber dann verzog sich ihr Mund spöttisch, und sie ging an ihm vorüber.

Maximilian glaubte, dass er es erst vollends recht machen könne, wenn er sich noch mehr hinter die Arbeit stemmte. Die Kräfte dazu hatte er wohl.

Fast unmerklich wand er dem Großknecht die Macht aus den Händen. Der Bauer sah es nicht ungern, aber der hagere, kerzensteife Großknecht, der bisher das Zeitmaß der Arbeit bestimmt hatte, lehnte sich mürrisch dagegen auf, und als das Korn hereingebracht war, verließ er den Hof.

»Er treibt uns alle Leute fort«, sagte Julia zum Vater.

»Er schafft für zwei«, hielt der Bauer dagegen.

»Aber du weißt nicht, ob er das nächste Jahr noch bei uns bleibt.«

»Das wird sich zeigen. Ich werde ihn danach fragen. Es täte mir leid, ginge er, denn er ist ein guter Arbeiter.«

»Ein neuer Besen kehrt immer gut.«

»Du magst ihn nicht? Ich habe es längst gemerkt.«

»Nein, ich kann ihn nicht ausstehen!«

»Warum?«

»Weil er – weil er – er hat nämlich –«

Nun war es der Julia plötzlich unklar, was sie antworten sollte.

»Siehst, du weißt es selber nicht.«

»Nein, ich kann es nicht ausdrücken, ich weiß nur, dass er mir bis in die Seel hinein zuwider ist.«

•

Eines Tages, es war schon im Herbst, mähten die Knechte auf der oberen Wiese das Grummet. Julia trug ihnen um die dritte Nachmittagsstunde in einem Korb die Brotzeit hinauf. Sie musste dabei über die Weide, auf der das Vieh graste. An die vierzig Stück waren es, schöne, buntschekkige Kühe und Kalbinnen, mit einem Leitstier als Herrn und Gebieter.

Julia stellte den Korb in den Schatten eines Baumes, sprach mit den Knechten ein paar Worte, ohne Maximilian zu beachten, und stieg wieder über den Zaun, um zum Hof zurückzukehren.

Maximilian sah ihr aus gesenkten Lidern heraus nach. Mit ihm hatte sie nicht geredet, und es hätte ihm wirklich gut getan, wenn sie auch für ihn ein Wort gehabt hätte.

Wie stolz sie dahinschritt! Die Sonne flimmerte auf ihrem dunklen Haar. Sie hatte eine Hand in die Hüfte gestemmt und rupfte mit der anderen im Vorübergehen ein paar Blumen.

Da stellte plötzlich der Stier sich ihr in den Weg, mit gespreizten Beinen, den Kopf mit den mächtigen Hörnern erhoben.

Julia blieb stehen und kraulte ihn ein wenig in seinem dichten Haarwulst. Maximilian ertappte sich, dass er auf diese an ein Tier leichthin verschenkte Zärtlichkeit eifersüchtig wurde.

Julia ging weiter, ein Lied vor sich hinsummend. Sie sah nicht, dass der Stier sich umwandte und den Kopf zu Boden senkte.

Da gellte ein schriller Pfiff. Julia wandte sich um und sprang gerade noch rechtzeitig mit einem Satz zur Seite. Der Stier rannte im Sprung an ihr vorbei und rammte die Vorderbeine bis an die Knöchel in den weichen Boden. Aber er drehte sich sofort wieder um. Dampf stieg aus seinen Nüstern. Er senkte die Hörner von neuem zum Stoß.

Da brauste Maximilian den Hang herunter. Er packte den Stier mit solcher Kraft an den Hörnern, dass dieser verdutzt innehielt.

Julia hatte Zeit, sich über den Zaun zu retten. Jetzt ging der Stier Maximilian an. Geschickt wich der ihm aus, packte ihn in einem günstigen Augenblick wieder bei den Hörnern und stieß ihm die Finger der rechten Hand in die Nasenlöcher. Ein dumpfes Murren. Das Tier bäumte sich auf. Maximilian flog wie ein Spielball zur Seite. Ein Horn hatte ihm den rechten Oberarm aufgerissen. Das Hemd hing ihm in Fetzen vom Leib. Blut rieselte über seinen Arm.

Julia stieß einen Schrei aus, als sie den Mann so am Boden liegen sah. Maximilian hörte den Schrei und schnellte in die Höhe, duckte sich unter den gabelnden Hörnern hinweg und sprang mit einem gewaltigen Satz über den

Stacheldrahtzaun, gerade in dem Augenblick, als die beiden anderen Knechte angekommen waren, um ihm beizustehen.

Julia war bis dahin erschöpft im Gras gesessen. Aber nun sprang sie auf und ging auf Maximilian zu.

»Du blutest. Komm, lass dir helfen.«

Er lächelte mit bleichen Lippen. »Das kann meine Mutter wohl besser«, antwortete er. »Im übrigen« – er sah auf seine Hände –, »ich habe mir die Hände nicht gewaschen. Es könnte dir wieder vor mir grausen.«

Eine fahle Blässe überzog ihr Gesicht. Das war treffend heimgezahlt.

Noch ehe sie antworten konnte, ging Maximilian davon, zu seiner Mutter, denn er verspürte jetzt doch heftige Schmerzen. Die Wunde blutete unaufhörlich, so sehr er auch die Hand darauf presste. Er sah nicht einmal zurück und merkte darum nicht, dass Julia immer noch auf demselben Platz stand und ihm nachschaute.

Tränen verdunkelten ihren Blick. Sie hätte weinen mögen wie ein Kind und wusste doch nicht warum.

Maximilian kam am Abend nicht zurück auf den Stögerhof. Als er am nächsten Tag auch noch nicht da war, sagte die Julia zum Vater:

»Glaubst du, dass es mit ihm schlimmer geworden sein kann?«

»Warum meinst du das?«

»Weil er noch nicht hier ist.«

»Sein Anblick ist dir ja ohnehin nicht angenehm!«

Ärgerlich winkte die Julia mit der Hand ab. »Es ist doch schließlich meinetwegen geschehen. Wir sollten wenigstens nachfragen, wie es ihm geht.«

Am Nachmittag machte sich darum der Stöger auf den Weg, um den Maximilian zu besuchen. Es war ein weiter Weg, aber er mochte sich wohl lohnen, denn diesen guten

Knecht wollte er nur ungern verlieren. Der war schon wert, dass man nach ihm sah.

Maximilian hockte vor der Hütte, den Arm fest eingebunden. Der Bauer war froh, dass es nicht weiter schlimm zu sein schien. Das mochte also noch mal gut abgegangen sein!

»Ah, da sitzt er ja«, sagte der Stöger gut gelaunt. »Hab schon gedacht, du lägst gar im Bett!«

»Hat mich Blut genug gekostet. Aber das macht mir nichts, bin ohnehin arg vollblütig.«

Der Stöger setzte sich zum Maximilian auf die Bank. »Ja, ja«, sagte er und rückte den Hut aus der Stirn. »So dumm kann es manchmal ausgehen. Die Julia hat mir erzählt, wie du ihr beigesprungen bist. Dafür bin ich dir Dank schuldig. Ich versteh bloß nicht, der Stier ist doch sonst so lamperlfromm.«

»Ja mei, so ein Vieh hat auch mal Launen!«

Es entstand eine kleine Pause. Der Stöger streichelte seinen Bart und schaute zu den schwankenden Wipfeln der Bäume hinauf.

»Hab mir gedacht, ich muss einmal nach dir schauen, weil du nicht gekommen bist.«

»Als unnützer Esser mag ich nicht an deinem Tisch sitzen.«

»Was dir nicht einfällt! So ein Arbeiter wie du, der bringt das leicht wieder ein.«

Maximilian lächelte. »Weiß der Bauer vielleicht noch, wie er bezweifelt hat, ob ich überhaupt arbeiten könne?«

»Ja damals, ich hab dich ja weiter nicht gekannt. Aber nun möcht ich dich nicht mehr weglassen. Bei der Gelegenheit will ich dich auch gleich fragen, ob du für nächstes Jahr wieder bei mir bleiben willst?«

Maximilian überlegte sehr lange. Es dauerte dem Bauern fast zu lange, und er sagte darum: »Sei so gut und lass mich nicht im Stich.«

»An mir soll es nicht liegen«, antwortete Maximilian. »Ob aber die Julia damit einverstanden ist? Es könnten ihr meine Hände immer noch nicht sauber genug sein.«

Der Stöger lachte laut heraus. »Du Spaßvogel! Wirst dir doch nichts draus machen, was das trotzköpfige Dirndl sagt?«

Maximilian gab keine Antwort. Wenn der Bauer wüsste, dachte er, wie ich mich seit gestern in Sehnsucht nach der Julia verzehre. Ich hatte sogar gedacht, sie würde selber kommen, um mich zu holen.

Er hatte ihr doch das Leben gerettet. Eigentlich müsste dieses Leben nun doch ihm gehören – und dabei hatte er Furcht, sie könne ihn weiterhin mit ihrem Spott verfolgen. Und das würde er nicht mehr ertragen, wo nun doch dies auf der Weide geschehen war. Wäre er nicht gekommen, so hätte der Stier ihr unweigerlich den Garaus gemacht. Ob die Julia das bedachte?

»Es könnte vielleicht Wundfieber dazukommen«, meinte er nach einer Weile. »Deshalb möchte ich noch ein paar Tage hier bei meiner Mutter bleiben.«

Der Bauer nickte zustimmend. »Ganz richtig, Maximilian. Heil dich nur richtig aus. Die Hauptsache ist, dass du wiederkommst zu mir.«

In diesem Augenblick bog die Josefa den Hohlweg herunter.

»Meine Mutter kommt«, sagte Maximilian, und der Bauer wusste nicht recht, was er tun sollte. Am liebsten wäre er gegangen, aber er hätte sich da auffällig schnell verabschieden müssen, und das schien ihm nicht angebracht zu sein.

Der Josefa Brunner hatten Kummer und Sorgen das Gesicht zerfurcht und den Rücken gekrümmt.

Der Sohn half ihr, die Körbe vom Rücken zu nehmen, die sie bis zum Rand mit Kräutern und Wurzeln gefüllt hatte.

»Besuch hab ich bekommen, Mutter«, sagte er dann.

Der Stöger stand auf. »Ja, ich hab mir gedacht, muss doch einmal nachschauen, wie es ihm geht.«

Ruhig glitten die Augen der Frau über den Bauern hin. »Ein paar Tage muss er wohl noch hierbleiben«, meinte sie.

»Freilich, ich hab es ihm schon gesagt, er soll sich nur richtig auskurieren«, beteuerte der Bauer und griff in den Wurzelkorb. »Was hast denn da zusammengesucht?«

»Wenn ich dir die Kräuter alle beim Namen nennen müsst, glaub mir, Breitenbacher, du behieltest es doch nicht. Aber helfen tun sie.«

»Das ist die Hauptsach! Tja – und jetzt will ich mich langsam auf den Heimweg richten. Was ich noch sagen will, Maximilian, ich hab nichts dagegen, wenn du deiner Mutter ein paar Fuder Holz rauffahrst. Im Riedlschlag liegt genug umeinander.«

Maximilian begleitete seinen Bauern noch bis zum Weg hinaus. Dort blieb er dann an der Lichtung stehen, bis sich dessen Schritte in der Tiefe verloren, und seine Gedanken gingen zu Julia.

Er war froh, bald wieder auf den Stögerhof zurückzukommen. Er hatte aber zugleich Angst davor, denn ihm war, als ob etwas geschehen würde, etwas Unabwendbares. Sein Herz schrie nach Julia, die als Erbin des Stögerhofes ihm doch für alle Zeiten unerreichbar sein würde.

Er hatte noch niemals geliebt, und nun loderte eine Flamme in ihm, die ihn zu verzehren drohte. Immer sah er dieses schöne Gesicht vor sich. Ob er die Augen schloss oder ob er über den Wald schaute, ganz gleich, überall sah er nur das Mädchen. In der Nacht stahl es sich in seine Träume.

»Julia …«, sprach er leise für sich hin. Und nochmals: »Julia …«

Wie sie nur zu diesem Namen gekommen war? Er war

doch sonst hierzulande nicht Brauch. Aber er konnte sich nicht vorstellen, dass sie mit ihrer seltsamen dunklen Schönheit anders hieße: Anna vielleicht oder so, wie man die Mädchen hier sonst nannte.

Die Mutter rief ihn.

Sie legte einen frischen Verband auf die Wunde, und dann saß er bei ihr auf der kleinen Bank. Er fühlte sich so geborgen bei der Mutter, deren Haare schneeweiß waren, und deren Augen in die Menschen hineinsehen konnten bis auf den tiefsten Grund.

So hatte sie auch längst gemerkt, dass mit ihrem Sohn etwas nicht in Ordnung war. Sie sah es jetzt wieder an seinem abwesenden Blick.

»Was hast du eigentlich?«, fragte sie in die Stille hinein.

Erschrocken fuhr er zusammen. »Ich? Nichts, Mutter.«

»Du kannst mich nicht täuschen, Maximilian. Ich merkte es doch, deine Gedanken waren im Augenblick ganz woanders.«

»Ja, ich habe gedacht, wie das hätte schlimm ausgehen können, da drunten auf der Weide.«

»Hast du das wirklich gedacht?«

Er gab keine Antwort und wurde rot.

»Siehst du«, sprach die Mutter weiter, »ich habe ja gewusst, dass es etwas anderes ist, das dich bewegt. Du hast dich verliebt.«

Maximilian fasste ihre gefalteten Hände. »Vielleicht ist es so, Mutter. Ich kenne mich selber nicht mehr recht aus mit mir.«

»So ist das immer, Bub, wenn man beginnt, nach dem anderen Teil seines Lebens zu suchen. Lass es mich wissen, wenn es so weit ist, Bub. Der Frau, die du einmal heimführst, möchte ich erst in die Augen schauen, dann kann ich dir sagen, ob sie zu dir gehört oder nicht.«

Er machte eine Bewegung mit der Hand, als möchte er etwas von sich fortschleudern. Und blieb dann still. Er hatte nicht den Mut, der Mutter von seiner Not zu erzählen.

– 3 –

Nun war Maximilian wieder auf dem Stögerhof. Er kam drei Tage, nachdem der Bauer bei ihm gewesen war, und ging sofort an seine Arbeit, als habe er sie gar nicht unterbrochen.

Dann fiel der Abend ins Land. Die Sonne brannte noch einmal in tausend goldenen Farben. Der Sommer war im Sterben.

Die Luft stand flimmernd in jener weiß gestreiften Bläue, die nur der Herbst zu geben vermag. Die fruchtbare Erde dampfte, und jeder Laut hatte einen tieferen und nachhaltigeren Klang.

Maximilian ging nach Feierabend hinter das Haus auf den kleinen Hügel, auf dem ein Kastanienbaum stand. Vor langer Zeit hatte jemand dort eine Bank angebracht. Dort setzte er sich hin.

Die Blätter rauschten, die Vögel pluderten sich in seinen Zweigen, und einmal flog eine vorwitzige Meise frech am Gesicht des Mannes vorbei. Allmählich senkte sich die Dämmerung. Ein tiefes, geheimnisvolles Schweigen breitete sich aus.

Aber nicht lange, dann erwachten die Stimmen der Nacht. Grillen begannen zu zirpen, und der Wind rauschte in den Blättern des alten Kastanienbaumes.

Dann spann der Mond sein Lichtnetz aus. Sein Leuchten warf violette Reflexe an die schwarzschattigen Bergriesen.

Plötzlich richtete sich Maximilian auf, denn es näherten sich Schritte.

Julia kam den Weg herauf.

Der Bursche hielt den Atem an. Was würde sie tun, wenn sie ihn hier sah?

»Du bist hier?«, fragte sie dann leise.

»Muss ich gehen?«

Sie machte eine Bewegung mit der Hand, als wolle sie ihn zurückhalten. Aber er war noch gar nicht aufgestanden.

»Bleib nur. Ich möchte dir – ich habe dir noch Dank zu sagen, wegen neulich.«

Maximilian schwieg, aber es beglückte ihn tief, dass sie nun neben ihm Platz nahm.

Ganz still saßen sie. Maximilian zog die Hand zurück, die er um die Banklehne geschlungen hatte. Beide ahnten dumpf, dass etwas Schicksalhaftes auf sie zukam.

Da sagte Julia: »Ich war oft garstig zu dir.«

Er hätte nun sagen können, wie schmerzhaft er dies immer empfunden hatte. Aber ihm war, als hielte man ihm die Kehle zu. Zu überraschend war das gekommen. Julia saß neben ihm. Nur der rote Saum ihres Kleides war zwischen ihnen.

»Oft war es nicht ganz zu Unrecht«, meinte sie nach einer Weile. »Du wirst es jetzt selber wissen, dass es nicht ganz unrecht war – das mit den Händen und alles andere, was ich dir sagen musste. Siehst du das jetzt ein?«

»Doch«, sagte er und legte den Kopf zurück, als wollte er zu einer Rede anheben. Aber es blieb bei diesem armseligen Wörtchen. Er schaute sie an. Irgendwie kam sie ihm verändert vor. Ihr Gesicht schien alle Strenge verloren zu haben. Das Mondlicht umschmeichelte ihre Schultern.

Das Rauschen im Kastanienbaum war stärker geworden. Einmal schrie ein Vogel leise auf im Traum. Julia hob die Hand und strich sich ein paar einzelne Haare hinters Ohr. In dieser Minute geschah es.

»Du bist so schön ...«, sagte er langsam und so, als fehle ihm der Atem zu diesen Worten.

Es war, als sei ihm dies aus der Seele herausgebrochen, und von seinem Gesicht ging ein solches Leuchten aus, dass Julia ihn verwundert ansah.

Sie hatte das nicht zum erstenmal gehört. Man hatte es ihr schon oft gesagt, dass sie schön sei. Aber mit diesem Unterton hatte es noch niemand ausgesprochen.

Die Worte hatten Julia ins Herz getroffen. Mit einer hektischen Bewegung fuhr sie sich durchs Haar und erhob sich.

Da stand er schon neben ihr, ganz dicht waren seine Augen vor ihr, und sie fühlte sich bei den Händen gefasst.

»Bleib hier«, bettelte er. »Du, Julia – geh nicht fort –«

Sie hätte es in diesem Augenblick gar nicht tun können. Wie Blei waren ihre Füße. Ihr Mund stand halb offen. Sie konnte auch nicht ihre Augen von ihm wenden, musste ihn einfach ansehen.

Nun wusste sie nicht mehr, was geschehn sollte. Sie hatte Angst vor dem Kommenden, Angst und ein wenig Neugierde waren es. Sie wartete auf ein Wort, das den Zauber bräche.

Da sagte Maximilian: »Ach Julia, du weißt nicht, wie oft ich an dich denke.«

Eigentümlich, dass er gerade das sagte, was sie selber zu ihm auch sagen könnte. Seit Tagen kam er ihr nicht mehr aus dem Sinn. Vielleicht wäre es gut, ihn das wissen zu lassen.

»Soll das heißen, Maximilian, dass du mich liebst?«

Kaum war es heraus, entzog sie ihm ihre Hände. Das hätte sie nicht sagen sollen.

»Ja, Julia. Ich hab dich lieb. Ich weiß, es bedeutet dir nichts. Aber ich musste es dir einmal sagen, so etwas kann man nicht ewig mit sich herumschleppen.«

»Nein, das kann man nicht«, antwortete sie nachdenklich. Und dann kam wieder dieser erwartungsvolle Ausdruck in ihre Augen. Er müsste mich küssen, dachte sie schaudernd. Oder ich ihn. Irgend so etwas müsste geschehen. Sie fühlte es jetzt, dieser Maximilian bedeutet ihr mehr, als sie sich bisher hatte eingestehen wollen. Es beglückte sie und erfasste sie wie ein Rausch, dass er von seiner Liebe zu ihr sprach. Ein wunderbares Lächeln, wie er es noch nie an ihr gesehen, kam in ihr Gesicht.

»Es ist gut, Maximilian, dass du mir das gesagt hast«, sprach sie nach einer Weile wie zu sich selbst. Und dann legte sie, von einer geheimnisvollen Macht gezwungen, beide Hände um sein Gesicht, zog es ganz nah an sich und sagte: »Jetzt weiß ich es. Ich habe dich lieb gehabt seit dem Augenblick, wo du in unser Haus kamst. Da wurde ich unruhig und hasste dich darum. Aber es war ja doch alles nur Liebe. Doch, Maximilian – es ist vielleicht seltsam, aber ich könnte nicht ertragen, wenn du vor mir schon eine andere geliebt hättest.«

»Nein, Julia. Ich habe mich nie um Mädchen gekümmert.«

»Gut, gut«, sagte sie schnell und trat von ihm zurück. Das Lächeln von vorhin war wieder da. »Ich glaube, dass es sehr schön werden wird mit uns beiden. Aber nicht jetzt, nicht heute. Lass uns noch ein wenig warten. Gute Nacht, Maximilian.«

Schnell ging sie den Hügel hinunter. Der Rock flatterte um ihre Beine. Nicht ein einziges Mal sah sie zurück. Dann fiel die Haustür ins Schloss.

Maximilian stand wie betäubt. War das Wirklichkeit gewesen? Er ging zurück zur Bank, schlang die Arme um die Lehne und sah hinauf zum Sternenhimmel, als könnte einer der funkelnden Sterne ihm die vielen Fragen beantworten, die ihn jetzt bedrängten.

Julia war bei ihm gewesen, die schöne, stolze Julia, des

Stögerbauern einzige Tochter! Wie war das der Reihe nach gewesen?

Sie war gekommen, hatte sich zu ihm gesetzt und mit ihm gesprochen. Jedes ihrer Worte rief er sich ins Gedächtnis. Er wollte sie festhalten, um nicht das leiseste davon zu vergessen. Er kam sich vor wie schwer beladen mit Glück und war voller Dankbarkeit gegen dieses Schicksal.

Vom Kirchturm in Flurs schlug es schon Mitternacht, als Maximilian zum Hof hinunterging. Hoch über dem Patscherkofel hing der Mond und sah lächelnd herab auf den einsamen Burschen, in dessen Herz in dieser Nacht das Wunder gekommen war.

Lass uns noch ein wenig warten, hatte Julia gesagt.

Aber es war nichts damit, denn am nächsten Tag zu heller Nachmittagsstunde suchte sie ihn auf, als sie ihn in der Scheune drüben allein wusste. Sie tat, als suche sie etwas. Dann zog sie das Scheunentor zu, war mit zwei Schritten bei ihm und warf die Arme um seinen Hals.

»Maximilian!« Ihr heißes Gesicht traf das seine. Alle Herrlichkeiten der Welt offenbarten sich ihm in diesem Kuss, den er mit aller Inbrunst entgegennahm.

Nur eine Nacht hatte sie dazu gebraucht, um sich vollends klar darüber zu sein, dass sie fortan alle Scheu vor Maximilian verlieren müsse.

Von da ab suchten sie sich häufig. Doch immer trafen sie sich heimlich, und niemand hatte sie bis jetzt beisammen gesehen. Und doch hätten alle es merken müssen, denn die beiden hatten sich in ihrem Wesen verändert. Alles war hell und aufgeschlossen an ihnen. In ihren Augen spiegelte sich tausendfältig das Glück aller Stunden. Sie fühlten sich in einem glückseligen Kreis, aus dem kein Weg herausführte.

Am ahnungslosesten war der Bauer. Ja, es freute ihn, dass Julia ihr schroffes und spöttisches Wesen dem Maximilian gegenüber abgelegt hatte. Er glaubte aber, dass dies aus Dankbarkeit geschehen sei, weil er sie vor dem wütenden Stier gerettet hatte.

Julia sang jetzt zuweilen mit ihrer dunklen Stimme kleine Lieder, die von Liebe kündeten und vom Glück. Wenn der Bauer das hörte, griff er sich lächelnd in den Bart.

Es wird allmählich Zeit, dass ich mich nach einem Mann für sie umschaue, sagte er dann zu sich. Aber zurücktreten, nein, das wollte er noch nicht. Dazu war er noch zu rüstig.

Die Tage wurden kürzer und unfreundlicher. November war es schon, und dann begann es zu schneien, drei Tage und Nächte ohne Unterlass, und die große Einsamkeit auf den Berghöfen hub an.

In dieser Zeit erkannten Julia und Maximilian, dass ihr Leben gemeinsam in einem tiefen, festen Grund verankert war. Sie fühlten sich aus dem Einerlei des Alltags herausgerissen, und oft war es ihnen zu eng im Haus. Aber der Schnee lag meterhoch auf Wegen und Hängen. Es war zwar mit Mühe ein Weg ins Dorf hinunter geschaufelt, aber die beiden hatten gar keine Neigung, unter die Menschen zu gehen. Sie wollten allein sein und einsam mit ihrer Liebe, wollten niemanden teilhaben lassen an ihrem Glück, weil sie wussten, dass die Menschen drunten im Dorf alles zerredeten, bis es als übler Klatsch in die letzte Hütte kroch.

Aber sie fanden eine andere Möglichkeit, allein zu sein und den Menschen fern. Maximilian begann, Julia das Skilaufen beizubringen, und sie war überrascht, den Geliebten auf diesem Gebiet als einen rechten Meister erkennen zu müssen.

Als Knabe schon fuhr Maximilian auf den Brettern zur Schule hinunter, und so wurde er frühzeitig vertraut und eng verwachsen mit den Skiern. Er schaute den Erwachsenen ab, was nur abzuschauen war, und übte auf dem Steilhang hinter der Waldhütte alles so lange, bis er mit sich zufrieden war. Zu gerne hätte er sich mit anderen im Wettstreit gemessen. Aber niemand lud ihn dazu ein. Ja, der Skiclub von Flurs ließ ihn unverblümt wissen, dass sie gar kein Interesse hätten an seiner Mitgliedschaft.

So lief Maximilian seine Zeiten für sich allein, stellte seine Berechnungen auf und steckte sich die Tore selbst aus. Aber alles hatte keinen Reiz, denn es war niemand da, mit dem er sich hätte messen können. Er stand immer allein und einsam auf seinen Brettern in der weißen Pracht. Es musste ihm genügen, dass seine Mutter ihm am Abend lächelnd über den Kopf streichelte und ihm dadurch andeutete, dass sie stolz auf ihn war.

Nun hatte Maximilian das erste Mal einen Menschen vor sich, dem er lehren durfte, was ihm mit den Jahren ein leichtes Spiel geworden war.

Zu Weihnachten bekam Julia ein Paar Ski und die nötige Ausrüstung dazu. Am Weihnachtstag wurde gleich auf dem Hang hinter dem Haus geübt. Der Vater stand hinter dem Stallfenster und wollte sich ausschütten vor Lachen, wenn von Julia plötzlich nichts mehr zu sehen war als ein Paar rudernde Arme, die sich aus dem Schnee hervorstreckten.

Ja, sie stürzte gar viele Male. Aber sie ließ es sich nicht verdrießen, und Maximilian war ein geduldiger Lehrer. Er erklärte ihr immer wieder aufs Neue, was beim Skilauf als erstes Gesetz zu gelten habe.

Und doch bedurfte es noch vier oder fünf Sonntage, bis Maximilian einigermaßen zufrieden war. Julia tat es Maximilian gleich, stand aufrecht auf den Brettern, nur mit den Knien federnd die Stöße abfangend. Die Skier lagen nun auch nicht mehr breit auseinander, sondern einer dicht beim anderen.

Ach, sie waren herrlich, diese Wintersonntage. Julia

und Maximilian durchlebten sie wie im Traum. Durch die winterstillen, tief verschneiten Wälder führten ihre Spuren. Über einsame Bergrücken hinauf auf die Anhöhe, um sich dann in toller Schussfahrt in die Tiefe zu stürzen. Ein Leuchten und Flimmern lag in der Luft. Bei einem kühnen Schwung sprühte der Schnee hoch mit glitzernden Kristallkörnern.

Ein andermal brauste der Sturm über die Berge und fegte mit tosender Kraft Schneeflocken über die Kämme. Durch das Orgeln und Heulen kämpften Maximilian und Julia sich hindurch und fühlten, stärker als je zuvor, wie sehr sie zueinander gehörten, ja, wie ihre brausende, starke Jugend in diesen Kampf der freien und gewaltigen Natur hineingehörte.

An diesem Tag machten sie Rast droben in der Waldhütte der Josefa Brunner. Das kleine Haus war fast völlig eingehüllt von den gewaltigen Schneemassen, und nur rund herum war ein schmaler Pfad getreten.

Maximilians Mutter saß hinter dem Ofen und stickte. Sie sah verwundert auf, als die beiden die Stube betraten. Maximilian nahm Julias Handschuhe und hängte sie mit den seinen über die Herdstange. Dann sagte er:

»Das ist Julia, die Tochter vom Stögerbauern.«

Josefa Brunner nahm Julia scharf in ihren Blick, erhob sich und umschloss mit herzlicher Wärme die Hände des Mädchens. Ihre Augen freuten sich an der frischen Art des Mädchens.

»Ich will euch heißen Tee aufbrühen«, sagte sie dann und setzte einen Topf mit Wasser auf die glühende Herdplatte.

Maximilian stand erwartungsvoll mitten in der Stube. Sein Herz pochte in harten Schlägen. Es reizte ihn, der Mutter zu sagen: Sieh her, Mutter, das ist das Mädchen, das ich liebe. Schau ihr nur gut in die Augen, und sag mir dann, ob sie zu mir passt.

Maximilian brauchte gar nichts zu sagen. Die Mutter erahnte es, und ihr Herz zog sich in dumpfer Angst zusammen.

Das konnte nicht gut ausgehen! Die beiden brannten lichterloh in ihrer Liebe. Josefa fühlte, dass einmal etwas kommen würde, das mit zerstörerischer Grausamkeit über die beiden jungen Menschen herfallen würde. Ach, wenn ihr nur die Kraft gegeben wäre, jetzt mit ein paar guten Worten den jungen Menschen aufzudecken, was auf sie zukomme. Aber sie wusste, dass sie in den Wind geredet hätte, denn Menschen, die sich lieben, glauben an keine dunklen Gewalten, die über ihrer Liebe stehen könnten. Sie glauben nur an sich selbst und an die beglückende Gegenwart.

Josefa betrachtete verstohlen Julias schönes und stolzes Gesicht. Von Wind und Wetter waren ihre Wangen gerötet und das Haar ein wenig zerzaust. Das gab ihr etwas ungemein Lebendiges, Sprühendes. Sie sah auch, wie die Blicke der beiden ineinander verschmolzen. Die Worte des Mädchens klangen unendlich zärtlich und behutsam, wie auch jede ihrer Gebärden von einer Sanftheit war, die nur der Abglanz einer liebesglühenden Seele sein konnte. Aber ihre sehnsüchtigen Lippen sprachen Nebensächliches. Die alte Frau sollte wohl nicht ahnen, was hinter den Worten stand.

Ob sie wohl stark genug sein wird, dachte Josefa Brunner, wenn der Sturm kommt über das junge Glück? Sie kannte den Hochmut des Stögerbauern und konnte sich an den Fingern abzählen, dass er nie und nimmer seine Einwilligung geben würde zu diesem Bund. Dort musste einer anklopfen, der mehr aufzuweisen hatte als zwei starke Arme und ein treues Herz.

Ob die beiden Menschen sich wohl darüber klar waren? Sicher nicht, denn sie zärtelten mit ihren Blicken in einer nahezu rührenden Ahnungslosigkeit und schienen nur von dem Bewusstsein getragen zu sein, dass sie zueinander gehörten auf ewige Zeiten. Es wäre zu grausam gewesen, ein Wort zu sagen, das den Zauber zerreißen würde.

Und so tranken sie Tee zusammen, indessen draußen der Wind die Äste der Bäume aufstöhnen und ächzen ließ und sein wildes Lied um die kleinen Fenster sang. Sie saßen behaglich auf der Eckbank, und Julia hatte sich noch nie so wohl und zufrieden gefühlt wie in dieser einfachen Jagdhütte.

Als die Nacht hereinbrechen wollte, mussten sie an den Heimweg denken. Maximilians Mutter hängte sich ein Tuch um die Schultern und ging mit hinaus, wartete, bis sie die Ski angeschnallt hatten.

Da drehte sich Maximilian um, lehnte sich auf den einen Skistecken und beugte den Kopf nahe zur Mutter hin, als möchte er ihr etwas anvertrauen. Er musste aber ziemlich laut schreien, denn der Sturm riss ihm die Worte vom Mund fort.

»Julia – nicht wahr, Mutter – nun kennst du sie ja? Julia und ich – wir haben uns lieb ...«

»Ja –«, sagte die Frau leise.

Julia stand daneben und lächelte.

»Du wirst es sicher schon gemerkt haben«, meinte Maximilian.

»Ich wusste es, als ihr über die Schwelle tratet.«

»Das nächste Mal musst du mir sagen, was du darüber denkst«, schloss Maximilian und drehte sich um. »Gute Nacht, Mutter!«

Und da brachte auch Julia das wunderbare Wort »Mutter« über die Lippen. »Gute Nacht, Mutter«, sagte sie, und es schwang etwas mit in ihrer Stimme, das von einer tiefen, innerlichen Wärme getragen war.

Dann glitten ihre Gestalten zwischen den Bäumen dahin und waren gleich darauf verschwunden.

Die alte Frau stand noch eine Weile im Freien. Der Sturm fegte durch den Winterabend.

Was wird im Frühling sein?, dachte sie. Die Angst wollte sie nicht loslassen. Sie ging ins Haus und zündete die Lampe an. Es war, als brenne sie heute heller und fröhlicher, weil ein junges Menschenglück für Stunden in diesem Raum geweilt hatte.

Alles geht zu Ende. Auch die lange, harte Winterszeit. Der Föhn brach ins Land, wälzte gewaltige Lawinen ins Tal, riss da und dort eine Schneise in den Wald, brauste über die Hänge und leckte den Schnee fort. Dunkel und schwer kam die Erde zum Vorschein, unter der neues Leben schon zum Durchbruch drängte.

Schweren Herzens hatte Maximilian die Ski auf den Speicher getragen. Nun war es vorbei mit dieser herrlichen Zeit. Das Wintermärchen trat ins Dunkel zurück, weil der Frühling in das Tal wollte. Er schlich über die Bergspitzen, sah bald genug ein, dass seine Kraft noch nicht ausreichte, um den Bergriesen das Eis aus den Flanken und Schluchten zu reißen. Deshalb zog er ins Tal hinunter und küsste die Täler wach. Die ersten Sonnentage lächelten über die Landschaft. Die Meisen flogen mit hellem Geschrei flink und geschäftig umher. Die Bienenstöcke wurden lebendig, und als Ostern war, grünten schon die Wiesen, und den Bäumen im Garten des Stögerhofes sah man deutlich an, dass sie heuer eine großartige Blütenpracht entfalten würden.

Um diese Zeit herrschte die Grippe hartnäckig in den Gebirgstälern. Auch den Stögerbauern warf sie für acht Tage ins Bett, und er ließ am Ostersonntag den Wagen aus dem Schuppen bringen. Zu Fuß war ihm der Weg noch zu weit nach Flurs, denn er betrug doch eine Dreiviertelstunde.

Als er nun unter der Haustür stand und auf Julia wartete, weil es seit Jahren so der Brauch war, dass er an solch hohen Festtagen mit ihr zur Kirche ging, um hernach einen kräftigen Frühschoppen im Gasthaus »Zum Rössl« einzunehmen, da spürte er wiederum eine große Schwäche in den Kniekehlen. Er hatte sich zu viel zugemutet und sah ein, dass er das Bett noch nicht hätte verlassen dürfen. Er sagte deshalb zu Julia, als sie erschien:

»Es geht nicht, Julia. Mir ist ganz schwindelig. Muss wohl noch ein paar Tage warten. Eine verteufelte Sucht, diese Grippe. Soll dich der Maximilian hinunterfahren ins Dorf, weil der Wagen schon vor der Tür steht. Den Frühschoppen – natürlich, das geht nicht, dass du mit ihm zum Frühschoppen gehst. Das dürfte nicht ganz schicklich sein.«

So kamen Julia und Maximilian zu einer Fahrt, die der Bauer in seiner Ahnungslosigkeit vorschlug.

Ein schöner Ostersonntag war es. Die Glocken läuteten aus allen Tälern, die Töne trafen sich auf den Bergkuppen und schwangen in die Schluchten und Täler hinein.

Der Wagen hatte einen starken Motor, aber Maximilian mäßigte immer wieder das Tempo. Er wollte schließlich nicht, dass diese Fahrt zu schnell zu Ende ginge.

Julia trug die dunkle Feiertagstracht des Tales. Bei jeder Bewegung schillerte die schwere Seide. Der leicht gestärkte Spitzenkragen hob die dunkle Tönung ihres Gesichtes noch stärker hervor.

Maximilian fuhr in gemäßigtem Tempo durch das Dorf und stellte beim Oberwirt den Wagen ab. Julia könnte nun, wenn sie ein schlechtes Gewissen gehabt hätte, allein den Weg zur Kirche eingeschlagen haben, aber nein, sie wartete, bis Maximilian das Auto abgesperrt hatte, und ging gemeinsam mit ihm. Die Leute schauten auf, als sie die Stögertochter erkannten. Immer mehr Menschen wurden es. Und da hub denn schon ein leises Wispern an. Wie konnte der Stöger das angehen lassen? Kein Bauer ließ die Tochter mit dem Knecht am Ostertag zur Kirche fahren.

Aber es sickerte durch, dass der Stöger noch krank war, und das nahm vorerst allen boshaften Vermutungen den Stachel.

Ein paarmal schüttelte Julia verwundert den Kopf, weil die Leute sie mit so aufdringlichen Blicken musterten. Was gab es da schon viel zu gaffen? Sie schaute verstohlen auf Maximilian. Es war gewiss keine Schande, an seiner Seite durch das Dorf zu gehen. Ihre dunkle Tracht passte trefflich zu seinem schmucken Gewand. Julia stellte mit glücklichem Lächeln fest, dass er fast alle Burschen an Größe und Wuchs überragte.

Allerdings, als nach Beendigung des Hochamtes die Leute zwischen den Grabsteinen des Friedhofes sich zu verlieren begannen, gingen plötzlich alle Augenpaare verwundert der schönen Julia nach, die gewagt hatte, mit einem Zuruf aus der Schar dunkelgewandeter Mannsleute den jungen Maximilian herauszurufen.

»Maximilian!«

Und wie es klang! Ein leises Locken lag darin, tausend verhaltene Zärtlichkeiten. Der Geibl Peter von Rüsching wurde ganz grün vor Neid, denn er verzehrte sich seit Monaten in heimlicher Sehnsucht nach Julia. Sie gab ihm nur immer kurze, beinahe spöttische Antworten. Und dieser Knecht – dieser hundsföttische Maximilian Brunner, von dem niemand große Stücke hielt, bekam solch zärtlichen Zuruf in aller Öffentlichkeit!

Maximilian löste sich aus der Gruppe und schritt wieder wie vordem mit Julia durch das Dorf.

Auf der Heimfahrt musste der Wagen immer wieder angehalten werden, und das nicht nur, weil man auf der engen Bergstraße den Gegenverkehr vorbeilassen musste. Das erste Mal hielt er bei den Heckenrosen; eine Viertelstunde hinter dem Dorf. Und dann immer und immer wieder. Das letzte Mal im Hohlweg, wo ein paar Holderstauden weit in den Weg hereinhingen.

Sie küssten und umarmten sich. Der Himmel leuchtete strahlend über dem österlichen Land.

Das war ein Ostertag! So einen hatte der Maximilian noch nie erlebt. Als er zur Neige ging, sah die sinkende Sonne die beiden Menschen hoch oben am Rand des Waldes hinwandern, Hand in Hand. Ihr Lächeln wurde immer wundersamer, und die Stirnen trugen sie hoch. Voller Zuversicht blickten sie in eine gemeinsame Zukunft, keine dunkle Wolke überschattete ihre Gedanken.

– 4 –

Der Kramerladen der Magda Bergmayr lag am Ende des schmalen Gässleins, das sich zwischen dem Rösslwirt und der Schmiede durchschlängelte. Kolonial- und Kurzwarenhandlung hieß es, und es war dort so ziemlich alles zu haben, was die Flurser für den täglichen Bedarf brauchten.

Magda Bergmayr war verheiratet – unglücklich verheiratet, wie sie jedem Menschen streng vertraulich mitteilte. Sie hätte so zu leiden unter der Grobheit ihres Mannes, und sie bedauerte immer wieder mit kummmervollen Seufzern, nicht ledig geblieben zu sein. Da könnte ihr wenigstens niemand etwas dreinreden, meinte sie, und überhaupt sei es ihres Erachtens ein grober Schnitzer, wenn manche immer noch der Meinung seien: Das Weib soll dem Manne untertänig sein.

Immer die Weiber, jawohl! Damit die Männer sich als Tyrannen aufspielen könnten und darüber vergäßen, dass die Frau die Krone der Schöpfung sei.

Serafin Bergmayr war Zimmermann von Beruf. Es ist nicht bekannt, dass dieser Beruf besonders aufregend sei. Aber der Bergmayr konnte gotterbärmlich schimpfen, wenn er von der Arbeit heimkam. Und wenn die Leute im

Laden das hörten, dann mussten sie der Frau recht geben und selber sagen: Ja, der Bergmayr ist ein saugrober Lackl.

Es wird aber wohl so sein, dass dem rücksichtsvollsten Manne die Geduld reißt, wenn er mittags nach schwerer Arbeit mit hungrigem Magen heimkommt und den Ofen kalt findet, weil die Frau vor lauter Ratschen vergessen hat, das Feuer nachzuschüren.

Und so war es bei den Bergmayrs. Das Ladengeschäft musste den Vormittag über schon sehr ruhig gewesen sein, wenn der Serafin mittags rechtzeitig etwas zu essen bekam.

Im Laden wurden alle Neuigkeiten durchgehechelt und bis ins Kleinste zerpflückt. Besonders montags gab es viel zu besprechen, weil sich an einem Sonntag doch immer mehr ereignet als an einem gewöhnlichen Wochentag.

Aus diesem Laden kroch so manche Verleumdung hervor, ohne dass nachher ihr Ursprung festgestellt werden konnte, denn die Magda behauptete stets mit Entrüstung, dass sie von gar nichts wisse und sich überhaupt nicht merke, was von der Kundschaft in ihrem Laden erzählt würde.

Am Osterdienstag erst! Was gab es da nicht alles zu erzählen! Die Stemmlerin kam als Erste kurz nach acht Uhr mit ihrem kleinen Fritzl.

Die Kramerin trat aus der Küche, als das Ladenglöcklein bimmelte, und lächelte schief, als sie ihre treue Kundin sah. Die Magda lächelte immer so schief, weil ihr auf der linken Seite ein paar Zähne fehlten, was sie nicht sehen lassen wollte.

»Guten Morgen, Stemmlerin! Auch schon unterwegs? Und der kleine Fritzl auch schon! Das lass ich mir aber gefallen. Was kriegst denn, Stemmlerin?«

»Ein Pfund Bandnudeln, aber schnell, weil ich gleich wieder heim muss. Musst mir's aber aufschreiben, gelt. Weißt, die Feiertag sind ein bissel teuer gekommen.«

»Ist schon recht, Stemmlerin. Dir schreib ich gern auf.« Sie gab ihr die Packung Nudeln und fragte zwischenhinein: »Was gab es denn Neues in den Feiertagen?«

Die andere grinste und kratzte sich die Hüfte. »Möchtest du gern was wissen?«

»Na ja, man möchte doch wissen, was so geschieht! Ich bin die Feiertage über kaum aus dem Haus gekommen. Hab mich am Karsamstag ein bissel zerstoßen mit meinem Alten, weißt. Und da hat er gemeint, er kann mich ärgern, wenn er mich die Feiertage allein daheim sitzen lässt. Ich sag dir, Stemmlerin: Ich würde kein zweites Mal heiraten. Ich hab die Nase voll.«

»Ja mei, das begreif ich. Da haben gewisse junge Leute gar keine Ahnung, was in der Ehe alles daherkommt. Die meinen, es geht immer weiter mit Abbusseln und so. Ja, ja, gewisse junge Leute wissen gut Bescheid, was das Busseln anbelangt.«

Die Kramerin schob den Kopf vor. Sie witterte etwas. Ja, sie schob ihre spitze Nase der Stemmlerin fast ins Gesicht.

»Wen meinst denn du?«

»Na ja, ich möcht mich nicht weiter auslassen.«

»Geh, mir kannst es schon sagen! Du weißt doch, dass es bei mir bleibt.«

»Heimgehn möcht ich«, mault der kleine Fritzl, und die Kramerin schenkte ihm schnell ein paar Süßigkeiten, damit er ruhig blieb.

Die Stemmlerin ging zuerst zur Ladentür und schaute, ob niemand kam, dann neigte sie sich vertrauensvoll zu der Kramerin hin.

»Also, zu dir gesagt, im Vertrauen, mit den gewissen jungen Leuten, was glaubst du, wen ich da gemeint habe?«

»So sag's doch endlich!«

»Die Julia droben vom Stögerhof und den Brunner Maximilian.«

Großartig schleuderte die Stemmlerin diese Weisheit über den Ladentisch. Sie war so wirkungsvoll, dass die Kramerin ganz baff war.

Die Stemmlerin hatte die eine Hand in die Hüfte gestemmt und wackelte immer noch mit dem Kopf.

»Was sagst jetzt?«

»Das hat mir die Rede verschlagen! Soll das wirklich wahr sein?«

»Was ich mit eigenen Augen seh, das muss wahr sein.«

»Ja, am Ostersonntag. Wir sind ein bissel naufgegangen über die Wiesen und haben dann im Wald nachgeschaut wegen ein paar Stangen. Und da hab ich sie gesehen.«

»Augenblick mal, ich muss mich zuerst niedersetzen. Du hast es selber gesehen?«

»Ja, was du nicht sagst! Haben sie dich auch bemerkt?«

»Ach woher! Die haben überhaupt nichts gesehn, wie mir scheint. Ich sag dir, Kramerin: Stockverliebt sind die zwei – bis über beide Ohren.«

»Ausgerechnet den Maximilian, der von allen Hungerleidern am wenigsten hat! Ja, wie denkt denn die Julia sich das eigentlich?«

»Stimmt, das ist mir im Augenblick nicht eingefallen! Also, da hört sich schon alles auf! Wie schlecht heutzutage die jungen Leute sind! Zu meiner Zeit, da hat es so was nicht gegeben. Dass der Stöger das duldet!«

»Die werden es ihm wahrscheinlich nicht auf die Nase binden!«

»Dann meinst du, dass er es noch gar nicht weiß?«

»Ich glaub nicht, sonst tät er das nicht zulassen.«

Die Magda Bergmayr verschränkte die Hände über dem Bauch und meinte scheinheilig: »Ist gut, dass es einem nichts angeht. Ich möchte mir ja den Mund nicht verbrennen. Aber ich denk, die Julia könnt doch andere Burschen auch haben und ist auf keinen solchen angewiesen. Ich bitt dich, Stemmlerin, was ist denn seine Mutter für eine!«

»Na ja, das weiß man ja. Aber wie gesagt: Uns geht es nichts an. Ich mein bloß, dass die Julia den Kopf nicht gar so hoch zu tragen bräuchte.«

»Da hast recht, Stemmlerin. Stolz tut sie, dass man meint, Wunder wer sie ist!«

»Das hat sie von ihrem Vater.«

Es dauerte fast noch eine Stunde, bis die beiden Frauen fertig waren, und sie hätten vielleicht noch kein Ende gefunden, denn sie hatten die Julia noch nicht völlig zerzupft, wenn es vom Kirchturm nicht die zehnte Stunde geschlagen und die Stemmlerin endlich heimgemusst hätte. Auf den kleinen Fritzl hatte niemand mehr Obacht gegeben. Er hatte sich in der letzten Stunde aber auch ganz mäuschenstill gehalten, weil er in der Ecke einen Marmeladenkübel entdeckt hatte und sich angelegentlich mit ihm beschäftigte.

Gesicht und Hände waren dick verschmiert mit einer rötlich glänzenden Masse, und seine Mutter erschrak heftig, als sie ihn entdeckte. Aber die Kramerin wehrte ab:

»Lass ihn nur, Stemmlerin; es wird ihm halt geschmeckt haben. Also, auf Wiedersehn! Sag mir's nur, wenn du wieder was weißt. Jetzt muss ich aber schnell Feuer machen, sonst macht er wieder Krach, mein Alter, wenn er heimkommt.«

Sie kam aber noch nicht dazu, denn gleich nach der Stemmlerin kam die Schmiedle Barbara, die Frau des Schuhmachers, um Salz und Pfeffer zu holen.

»Weißt du schon das Allerneueste?«, fragte die Kramerin und legte möglichst viel Spannung in ihre Frage.

Die Schusterin riss es. »Nein, was gibt es denn?«

»Mei, da wirst spitzen! Die Julia droben, die hat es mit dem Brunner Maximilian!«

»Du wärst ja nett!«

»Wenn ich dir sag, ich weiß es aus einer ganz sicheren Quelle. Aber – ich möcht natürlich nichts gesagt haben. Es geht uns ja weiter nichts an.«

Es dauerte wieder fast eine Stunde, bis die Schusterin den Laden verließ.

Nach der Schusterin kam die Frau des Lehrers. Auch hier wollte die Kramerin ihre Weisheit loswerden. Nur brachte sie es da in einer anderen Form.

»Na, Frau Lehrer, was sagen Sie zu der Stögerhofer Julia?«

»Wieso?«

»Na, die geht doch mit dem Brunner Maximilian.«

»So? Ach ja, ich hab sie gestern – nein, am Ostersonntag war es – zusammen zur Kirche fahren sehen. Ich habe sogar meinen Mann gerufen, weil mir diese zwei jungen Menschen so gut gefallen haben.«

»Ja, das ist wahr!«, fiel die Kramerin auf die Tatzen. »Zusammenpassen tun die zwei wirklich. Die Tauben hätten sie nicht besser zusammentragen können. Aber was wird halt der Alte dazu sagen, wenn es einmal aufkommt?«

Da merkte die Frau des Lehrers die Finte und meinte unwillig:

»Ich will Ihnen was sagen, Frau Bergmayr, mich kümmern diese Dinge nicht. Die jungen Leute mögen das mit sich selber ausfechten. Und für Sie als Geschäftsfrau kann es nur von Nutzen sein, wenn Sie mit Ihren Meinungen ein wenig hinter dem Berg halten.«

Sprach's und ging davon. Da läutete es Mittag, und der Serafin kam heim. Es gab wieder Ärger, weil das Essen nicht fertig war.

Maximilian Brunner setzte frühzeitig den Traktor in Gang, um auf den Acker hinauszufahren.

Es war ein Maienmorgen. Die Sonne spitzte über die

Berge, und alle Lerchen flogen ihr entgegen. In jubelnder Freude schlug die Welt die Augen auf.

Der Bauer stand unter der Haustür und gab noch ein paar Anweisungen.

»Ackere nicht zu tief, Maximilian. Wir sind heuer schon ein wenig spät daran. Aber ich hätte noch gern Hafer da droben auf dem Acker.«

Maximilian fuhr aus dem Hof. Er gab sich Mühe, noch einen Blick von Julia zu erhaschen. Aber er konnte sie nirgends entdecken.

»Wenn ich bis Mittag nicht zurück sein sollte – ich muss nach Innsbruck –, dann säe du am Nachmittag den Hafer«, rief ihm der Stöger noch nach.

Furche um Furche zog der Pflug. Die Arbeit ging flott voran, und es sah so aus, als könnte man zu Mittag schon fertig sein mit dem Dreieck.

Maximilian hatte die Hemdsärmel aufgekrempelt. Ihm war warm geworden, denn die Sonne brannte schon heiß aus dem wolkenlosen Himmel. Kein Lüftchen kühlte den Tag, selbst von den Flanken der Berge schien die Hitze auszuströmen.

Maximilian hatte sonderbare Gedanken an diesem Morgen. Es müsste schön sein, selber solchen Grund und Boden zu besitzen. Ein Gefühl von Besitzerstolz und Bauernwürde quoll bei diesen Gedanken in ihm auf, und unwillkürlich formte sich seine Zukunft in ein festes Bild hinein.

Wie einen Traum hatten er und Julia bisher ihre Liebe gelebt. Nun sah er plötzlich einen tieferen Sinn hinter allem. Es konnte doch nicht immer so weitergehen. Irgendwie musste nun die Zukunft einmal klar besprochen werden. Und da flog ihn ein unerhört kühner Wunsch an. Er wollte Bauer werden, hier, auf dem Stögerhof, wollte er Bauer sein.

Es ließ sich nicht umgehen: Der Stöger musste jetzt die

Wahrheit wissen. Maximilian war der Ansicht, der Bauer habe längst etwas gemerkt. Und darum war ihm nicht bange, dass es eine Enttäuschung geben könnte, wenn er mit seinem Anliegen vor ihn hintreten würde.

Julia war die Erbin dieses Hofes, und er was sicher, dass sie keinen anderen lieben würde. Von dieser Seite aus war also alles klar geordnet. Der Bauer musste das einsehen.

Als Maximilian an der unteren Furche einmal kurze Rast hielt, sah er eine Gestalt den Berg heraufkommen. Die Sonne blendete ihn ein wenig. Aber dann erkannte er Julia.

Von weitem rief er sie an. Sie hob den Kopf, lächelte ihm zu und ging, ohne anzuhalten, weiter. Bis er an den Rand des Ackers kam, war sie dort auch angelangt.

»Dass du zu mir kommst, Julia, das freut mich«, sagte er und sprang vom Traktor.

Es fiel ihm weiter nichts auf. Er war so von Freude erfüllt über ihr Kommen, dass er die Unruhe in ihrem Wesen nicht merkte.

»Der Vater ist nach Innsbruck gefahren«, sagte sie.

Maximilian lachte. »Und das hast du nun ausgenützt. Schön von dir, Julia.« Er zog sie an sich und merkte auch da noch nicht, dass ein leichtes Sträuben an ihr war.

Aber dann sah sie ihn voll an. »Ja, ich bin raufgekommen, weil ich heute früh und auch gestern keine Gelegenheit fand, mit dir zu sprechen. Maximilian – einmal ist unsere Liebe zueinander zu groß geworden und – nicht ohne Folgen geblieben …«

Verwundert sah er sie an. »Julia – ich versteh dich nicht recht.«

»Es ist doch nicht so schwer zu verstehen, Maximilian.«

Maximilian fuhr mit dem Schädel in die Höhe und lächelte dann. Lächelte in sich hinein, undeutbar, auf eine verträumte Art, so, als ob er ganz für sich allein auf dem Bergacker stünde. Dann schlang er plötzlich den Arm um sie.

»Julia, mir scheint, du weißt gar nicht, was für eine große Freude du mir da heraufgetragen hast.«

Das Mädchen sah ihn unverständlich an. »Freude?«

»Natürlich. Stell dir doch vor, Julia. Wir werden ein Kind haben, ein kleines Kindlein, kraus und braun. Jeder wird sich daran freuen. Du und ich, meine Mutter, dein Vater –«

Julia machte sich von ihm los.

»Ich glaube kaum, dass der Vater sich freuen wird.«

»Du denkst, dass er –?«

»Es wird einen schweren Auftritt geben, Maximilian, glaub mir.«

Sinnend schaute er eine Weile über ihren Scheitel hinweg. Sein Atem ging stoßweise. Dann sagte er entschlossen:

»Das ändert nichts, Julia. Dann müssen wir uns dagegen wappnen, müssen uns durchbeißen, was auch kommen mag. Ich meine, wir müssen zusammenhalten. Wir dürfen einfach nicht voneinander lassen.«

Julia schaute ihn lange an und schüttelte den Kopf:

»Voneinander lassen dürfen wir nicht, Maximilian. Und sieh, es ist mir viel leichter jetzt, weil ich das Geheimnis nicht mehr allein mit mir herumtrage. Aber zuerst bin ich doch tief erschrocken, ich habe gar nicht gewusst, dass man deswegen fast tödlich erschrecken kann. Aber ich weiß, wie man über ein Mädchen urteilt, das in eine solche Lage gekommen ist.«

Maximilians Gedanken machten sogleich wieder einen kühnen Sprung.

»Wir müssen heiraten«, sagte er bestimmt. »Es bleibt uns ja nichts anderes übrig.«

Julia nickte. »Ja, heiraten …«

»Ich denke, dass deinem Vater ein guter Arbeiter doch

etwas wert sein könnte. Und ich will in Zukunft, weil es nun so ist, meine Kräfte noch verdoppeln, will das mit meinen Händen hereinbringen, was mir sonst fehlt, an Geld, meine ich.«

Nun war Julia voll und ganz beruhigt. Sie konnte wieder lachen, wie in den glücklichsten Stunden, und schmiegte sich an ihn.

»Eine Weile lass es noch unser Geheimnis sein«, flüsterte sie.

Wohl eine gute halbe Stunde blieb sie droben auf dem Acker. Dann sprang sie leichten Herzens den Berg hinunter, um rechtzeitig mit dem Kochen fertig zu werden.

Maximilian kletterte wieder auf den Traktor. Nun war ein helles Leuchten in seinem Gesicht. Ein Kind wird also kommen. Du lieber Himmel, ein kleines Kind. Eine kleine Julia vielleicht. Oder ein Bub? Jedenfalls ein kleines Menschenkind, ein richtiges Wesen aus Fleisch und Blut. Kein Mensch kann einem etwas davon nehmen. Nur geben darf man ihm. Liebe darf man ihm geben, viel Liebe. Ein unbegreifliches Wunder war das. Du dreimal gesegneter Frühlingstag – sei gepriesen, wie ich in dieser leuchtenden Morgenstunde dieses Wunder erfahren durfte.

War das nicht die letzte Erfüllung der großen Liebe, die ihn und Julia miteinander verband? Ja, war es nicht schon der erste Schritt, in einem neuen Menschen weiterzuleben?

Er sah sich schon im Geiste das Kind auf den Knien schaukeln. »Vater«, wird es sagen …

Maximilian ging in stolzer Freude über den Acker.

Leicht hingesagtes Wort. Vater! Nun erhielt es Leben und Sinn, dieses Wort.

Maximilian Brunner arbeitete wie in Trance, alles erschien ihm unwirklich, ein unendliches Glücksgefühl sprengte fast seine Brust.

– 5 –

Die Gerüchte aus dem Kramerladen der Magda Bergmayr krochen langsam den Berg herauf. Sie verhielten sich zwar noch ein paar Tage besinnend unten beim Hohlweg, als hätten sie keinen rechten Mut, da oben als giftiges Gewürm einzudringen. Vielleicht hatten sie Furcht, zertreten zu werden. Aber an einem kühlen, grauen Regentag fanden sie doch den Weg dorthin.

Jeden Dienstag und Freitag kam die Brotfahrerin Nandl auf den Stögerhof. Sie kam mit einem ziemlich klapprigen Wagen und hatte in einem großen Korb ihre Semmeln und Wecken.

Freitag war es, und Julia hatte die übliche Menge Semmeln bereits genommen, aber die Nandl blieb noch ein wenig in der Küche sitzen. Sie hätte zu gerne etwas gefragt oder vielmehr durchblicken lassen, dass sie etwas wisse. Aber Julia ging nicht darauf ein, und so blieb der Nandl nichts anderes übrig, als sich unverrichteter Dinge wieder auf den Weg zu machen.

Sie fuhr zum nächstgelegenen Berghof. Auf dem Weg dorthin begegnete ihr der Stöger. Er musste zur Seite treten, weil das Strässlein so schmal war.

»Öha«, sagte die Nandl und kurbelte das Fenster herunter.

Der Stöger war am Morgen über die Felder gegangen und eigentlich recht guter Dinge, weil die Saat gut stand. Wenn nichts dazwischenkam, dann konnte es heuer ein gutes Jahr geben.

»Dein Wagen fällt auch bald auseinander«, sagte er gutgelaunt zur Brotfahrerin.

»Mei, wie es halt ist, wenn's Alter kommt.«

»Wo fahrst denn hin jetzt?«

»Jetzt fahr ich zum Riederer nauf, dann die ganze Leiten durch und zum Schluss noch auf Rüsching zum Geibl.«

»Bis auf Rüsching kommst nunter?«

»Ja, das ist sogar eine ganz gute Kundschaft, der Geibl. Da fahr ich gern hin. Sind nette Leute dort. Kennst du sie?«

»Die Buben kenn ich halt vom Sehen«, sagte der Stöger leichthin.

»Ja, das sind ein paar schneidige Burschen. Und gar der Peter, das ist ja ein ganz patenter Kerl.«

»Ist das der Langnaserter, der Peter?«

Die Nandl verzog den Mund, als wenn sie in eine Zitrone gebissen hätte.

»Ist nicht so arg mit seiner großen Nase. Das kann ein Mädl leicht übersehen, wenn sie weiß, was er sonst für gute Eigenschaften hat.« Die Nandl machte eine Bewegung des Geldzählens. »Da ist er ja ganz gut beisammen.«

»So? Na, meinetwegen, mich interessiert es nicht.«

»Gar nicht ein bissel?«

Der Stöger schaute auf. »Warum fragst denn da?«

»Na ja, es ist doch gar kein Geheimnis, dass der Peter deine Julia gern sieht.«

Der Stöger griff sich in den Bart und lachte dröhnend. »Ja mei, meine Julia, die sehen mehrere gern. So, so, der Geibl Peter also auch. Aber pass auf, ich will dir was sagen, du zahnlucketes Weibl. Bei mir kannst dir keinen Kuppelpelz verdienen, weil ich meiner Julia den Zukünftigen selber aussuch. Meinst du, ich ahne nicht, was du willst? Oh, ganz gut weiß ich, auf was du hinauswillst.«

Das war zuviel für die Nandl. Sie kletterte aus ihrem Wagen und fuchtelte mit den Händen in der Luft umeinander.

»Meine Zahnlucken, die gehn dich gar nichts an! Wenn mir das Geld aus den Hosensäck rauswachsen tät so wie dir, dann hätt ich sie schon lang richten lassen. Und dass du es weißt: Gar so protzig brauchst grad auch nicht tun mit deiner Julia. Da hört man ganz nette Sachen.«

Der Stöger furchte die Brauen. »Was für Sachen hört man da?«

Die Nandl war schon recht gekränkt und sann nur darauf, dem Bauern alles zurückzuzahlen.

»Wenn du ein richtiger Vater wärst, dann hättest selber Augen und Ohren. Was drunten im Dorf die Spatzen schon von den Dächern pfeifen, wirst wohl du selber auch wissen. Und wenn nicht, dann sag ich es dir: Deine Julia hat es mit deinem Knecht, dem Maximilian!«

Die Nandl wollte weiterfahren, nachdem sie dies mit hoher Stimme herausgeschmettert hatte. Aber der Stöger stellte sich vor das Auto.

»Was sagst du da?«, schrie er. »Nandl, ich sag dir's im guten, lüg mich nicht an! Gute Lust hab ich, dich aus deinem Wagerl rauszuholen und mit auf den Hof zu zerren. Da kannst es dann vor der Julia noch mal sagen. Dann wirst sehen, was dir passiert!«

»Gar nichts passiert mir, weil die Julia nicht leugnen wird. Weil sie nichts leugnen kann.«

Dem Bauern fielen die Arme wie Blei herunter. Nun wusste er genug. Das konnte nicht mehr bloßes Weibergeschwätz sein. Etwas musste daran sein. Und da war das Kleinste schon zuviel.

Der Stöger merkte gar nicht, dass die Nandl davonfuhr. Er stand auf dem Platz wie angegossen und stierte vor sich hin. Dann ein rauhes Lachen.

»Wenn es so ist, dann haben sie nichts zu lachen, die zwei!«

Und als könnte er Vollendetes noch verhüten, so schnell nahm er jetzt den Weg unter die Füße. Ja, er lief fast und war außer Atem, als er seinen Hof betrat. Dort angekommen, sagte er sich noch, dass es dumm von ihm sei, diesen Tratsch zu glauben. Julia, seine Julia, hing sich doch wahrhaftig nicht an einen solchen Burschen! Aber die Worte der Nandl hatten doch Gift in seine Gedanken geträufelt. Es ließ ihm keine Ruhe, und er schrie: »Julia!«

Von der Küche kam Antwort. Das Mädl fragte, was es gäbe.

»Komm in die Stube«, sagte er kurz und stieß die Tür auf.

Julia kam ahnungslos hervor, schloss die Tür hinter sich und trocknete sich die Hände an der Schürze ab. Sie sah den Vater an, und eine seltsame Angst kroch sie an, als sie sein Gesicht sah. Da wandte sich der Bauer ihr zu. Er zwang sich zur Ruhe.

»Die Leute reden, dass einem grausen könnte. Am besten ist es, man schert sich nicht darum.«

Er setzte ab und wartete, dass Julia etwas sagen möchte. Aber sie schwieg und dachte bis jetzt noch nicht im Entferntesten daran, dass dies alles mit ihr zusammenhängen könnte.

»Willst du denn nicht wissen, was sie reden?«, fragte der Vater, durch ihr Schweigen misstrauisch geworden.

»Was könnten sie schon viel reden?«

»Mir langt es, und ich lasse jeden auf der Kanzlei vorladen, der es weiter verbreitet! Sie sagen« – plötzlich eine scharfe Wendung in seinem Satz und ein durchdringender Blick – »sie sagen, dass mit dir und dem Maximilian etwas nicht in Ordnung sei.«

»Das sagen die Leute?«

»Und was hast du darauf zu sagen?«

Julia senkte den Kopf.

Es lag eine Gespanntheit in seiner Frage, die fast beängstigend war.

Julia hob ruhig den Kopf und sah den Vater an. »Die Leute lügen.«

Der Stöger schnaufte, wie von einer Zentnerlast befreit, verschränkte seine Arme hinter dem Rücken und lachte.

»Na ja, das hab ich mir ja gleich gedacht. Verdammtes Gesindel, verleumderisches! Die Brotnandl wenn mir noch mal ins Haus kommt, dann werf ich sie naus!«

Julia stand wie in Flammen gehüllt. Es war ein Missverständnis, das aufgeklärt werden musste. Plötzlich fühlte sie, dass eine große Stunde gekommen war, in der es galt, für diese Liebe einzustehen. Ach – und sie fühlte sich so kraftvoll, so herrlich jung und so durchdrungen von dem Glauben an ihre Liebe.

»So habe ich es nicht gemeint, Vater«, begann sie.

Der Stöger hob den Kopf wie ein Wild, das in der Ferne einen Schuss fallen hört. »Was soll das heißen?«

»Ich meine, die Leute lügen, wenn sie sagen – dass mit dem Maximilian und mir etwas nicht in Ordnung sei. Im Gegenteil, es ist alles in Ordnung zwischen uns beiden. Wir haben uns lieb, und – wir haben immer gemeint, du hättest es schon geahnt, weil –«

Weiter kam sie nicht. Der Bauer schrie in ihre Rede, dass sie angstvoll einen Schritt zurückwich. Sein Gesicht war verzerrt, und der Zorn riss ihm die Fäuste hoch. »Ja, bist du denn verrückt?«

Julia konnte immer noch nicht begreifen, dass der Vater deswegen so zornig werden konnte.

»Du brauchst gar nicht zu schreien, Vater. Ich und der Maximilian werden nicht voneinander lassen.«

Mehr verblüfft als zornig starrte der Stöger seine Tochter an. Aber es war ihm zugleich vollkommen klar, dass es die bittere Wahrheit war. Sein Zorn ließ ihm jetzt nicht Zeit, näher darüber nachzudenken, wie das alles gekommen sein mochte. Er wusste nur, dass er jetzt ein Machtwort sprechen musste, das gültig sei für alle Zeiten.

»Hör einmal, Julia! Du bist dir anscheinend nicht recht im Klaren darüber, was du da sprichst. Gute Lust hätt ich und werf dich naus! Alles hätt ich von dir geglaubt, aber dass du dich mit einem Knecht einlässt, das wär mir niemals eingefallen! Mit meiner Ahnungslosigkeit habt ihr beiden Schindluder getrieben! Aber das war mir eine Lehre! Von jetzt an werd ich die Augen besser offen halten. Und der Kerl muss mir heut noch vom Hof!«

»Nein, Vater, das darfst du nicht tun!«

»Wer will mich denn daran hindern? Warum soll ich es nicht tun?«

»Weil der Knecht auch ein Mensch ist, und weil auch ein Knecht ein guter Bauer werden kann.«

Der Stöger lachte hohnvoll auf. »Du hast ja nette Ansichten! Glaubst du denn, ich hätte mich mein Lebtag geschunden und geplagt, dass sich jetzt so ein Hungerleider da hereinsetzt? Freilich könnte ihm das passen! Um den Preis hat er dir den Kopf verdrehen können!«

»Das ist nicht wahr, Vater. Es kam alles ganz von selber.«

»Ja, das ist eine alte Weisheit. Zum Schlechtsein braucht man nicht viel dazuzugeben.«

»Vater!« Julias Augen funkeln im Zorn.

»Ja, Vater! Der bin ich und der bleib ich! Und jetzt Schluss mit der Sache! Ich will weiter nichts mehr davon hören! Aber der Kerl muss vom Hof! Und von dir verlange ich, dass du zu jedem Menschen sagst, du lässt ihn auf die Gemeinde kommen, der dir wegen des Maximilian etwas nachsagt.«

»Das kann ich nicht.«

»Mach mich nicht narrisch!«

Julia raffte sich auf. Alle Furcht hatte sie verloren. Nun war es doch schon gleich. Nun sollte der Vater auch das Letzte noch wissen. Und so sagte sie es ihm.

Der Stöger taumelte zurück, als hätte ihn ein Schlag getroffen. Die Adern an seinen Schläfen schwollen zu dicken Striemen an, seine Kiefer pressten sich übereinander, dass sie krachten. Dann war es wie ein Nebel vor seinen Augen. Seine Fäusten fuhren auf und – schlugen zu.

Ohne einen Laut ertrug es Julia. Sie taumelte von der Wucht des Schlages zu Boden und blieb liegen.

Keuchend hielt der Stöger inne. Dann riss er den Hemdkragen auf. Ihm war, als müsste er ersticken. Und sich plötzlich besinnend, rannte er zur Tür.

Julia sprang auf. Sie ahnte dunkel, wohin der Vater wollte. Aber sie kam zu spät. Die Tür schlug zu, und der Vater zog den Schlüssel ab.

Julia war eine Gefangene – eine Gefangene im eigenen Hause.

Im selben Augenblick fuhr Maximilian in den Hof. Julia hörte es und stürzte zum Fenster.

Mit zwei Schritten stand der Bauer vor ihm und riss ihn förmlich vom Traktor herunter.

»Du, schau sofort, dass du mir aus den Augen kommst!«

Maximilian sah verdutzt auf den wütenden Mann. »Warum?«, fragte er.

»Zu fragen hast du gar nichts, du Kerl, du windiger!«, schrie der Stöger, den die helle Wut wieder übermannte. Und dabei gab er dem Burschen einen Fausthieb, dass dieser taumelte.

Das hätte er nicht tun sollen. Ein böser Funke glomm in Maximilians Augen. Mit einem Ruck zerrte er den schweren Mann an sich heran. Im selben Augenblick sah er Julia am Fenster stehen. Das lähmte ihn, und sein Griff lockerte sich. Er wollte zu dem Mädchen hin. Diesen Augenblick nützte der Stöger und holte zum Schlag aus.

Sein Arm zuckte hoch, die Faust schnellte erneut nach vorn in das Gesicht des Burschen.

Mit einem Schrei duckte sich Maximilian und wollte den Mann anspringen.

Da rief Julia seinen Namen, bettelnd, flehend.

Er wusste, um was sie flehte, und ließ die Hände sinken. Er dankte ihr im Stillen, dass sie ihn in diesem

Augenblick rief, denn in dem nächsten wäre vielleicht etwas geschehen, was nie wieder gutzumachen gewesen wäre.

Noch zweimal sausten die Fäuste auf ihn hernieder und trafen Maximilians Gesicht, Nacken und Rücken. Unbeweglich stand er und biss die Zähne aufeinander.

Dann ging er – langsam, als hätte man ihm sein Leben zertrümmert – vom Hof. Er sah nicht ein einziges Mal zurück, so sehr brannte ihn die Scham, dass er dies schweigend hatte geschehen lassen müssen. Ein klein wenig wunderte es ihn, dass Julia ihn nicht ein zweites Mal rief. So dürfte sie ihn doch nicht fortgehen lassen, so jagt man doch keinen Menschen davon, der sich nichts anderes hat zu Schulden kommen lassen, als ein Mädchen zu lieben, die Julia, die er auch dann genauso geliebt haben würde, wenn sie nicht die Erbin vom Stögerhof gewesen wäre.

Er wusste nicht, dass Julia eingesperrt war – wusste nicht, dass der Bauer am Fenster stand und sie am Schreien hinderte. Er ging dahin, ohne des Weges zu achten. Droben am Waldrand setzte er sich nieder – vor Zorn oder Scham oder Verzweiflung. Er wusste es selber nicht.

Er war gar nicht fähig, sich zu fragen, was nun werden sollte. Aber dann schoss es ihm heiß ins Blut.

Julia konnte ihn doch nicht im Stich lassen! Nein, das konnte sie wahrhaftig nicht mehr! Da mochte der Bauer anstellen, was er wollte! Es war doch etwas da, das sie für immer und ewig miteinander verband. Ob der Bauer auch das wusste?

Und wieder spürte Maximilian Brunner, wie so oft schon, den Undank der Menschen. Es war ihm nichts Neues, aber diesmal schmerzte es ihn tiefer.

Ein buntfarbener Falter umschwirrte ihn, ließ sich nieder in seinem gebeugten Nacken, just da, wo sich blutunterlaufene Flecken unter dem Hemd verloren.

– 6 –

Der Stöger hatte die Julia bis zum Abend noch nicht aus der Stube gelassen. Er sperrte auch noch nicht auf, als er sich anschickte, nach Flurs hinunterzugehen. Er wollte sich im Dorf umhören, wie weit der Klatsch schon gediehen war, was man überhaupt schon alles wusste.

Als er an dem Häusl vorbeiging, wo die Brotfahrerin Nandl wohnte, erhob sich die Alte, als sie ihn kommen sah, und wollte ins Haus huschen. Er aber rief sie freundlich an.

»Wart einen Augenblick, Nandl, ich möcht was mit dir reden.«

Zögernd blieb sie stehen. »Ja, ja, setz dich nur wieder auf die Bank, ich fress dich nicht.« Er selbst nahm auch Platz, kreuzte die Hände über seinem Spazierstock und rückte den Hut aus der Stirn. »Also, pass mal auf, Nandl. Musst mir es nicht übelnehmen, dass ich heut früh mit dir ein wenig grob war. Kannst dir ja denken, wie mich das überrascht hat. Aber zu deiner Beruhigung kann ich dir sagen, dass nichts war zwischen den beiden – die Julia und den Maximilian meine ich.« Der Stöger hustete ein paar Mal, als ob ihm eine Mücke in den Hals gekommen wäre, und fuhr fort: »Aber es hat sich gerade was anbandeln wollen. Dass daraus nichts mehr wird, das hab ich dir zu verdanken, Nandl.« Er langte in die Hosentasche und drückte der Alten ein Geldstück in die Hand. »Nimm es nur, das hast du dir redlich verdient. Und es soll auch weiterhin dein Schaden nicht sein, wenn du überall, wo du was hörst von der Geschichte, gleich das Gegenteil sagst. Verstehst du mich?«

Die Nandl grinste. »Ich versteh dich ganz gut, Bauer.«

»Na, ja, ich rede ja deutlich genug. Den Maximilian hab ich natürlich fortschicken müssen, schon deswegen, dass den Leuten das Maul gestopft ist. Tut mir leid, denn er war ein guter Knecht. Aber wenn es um die Hofehre geht, dann kann ich auch in einen sauren Apfel beißen. Wahrscheinlich werd ich auch die Julia eine Zeitlang forttun. Und jetzt, Nandl, sei einmal ganz ehrlich: von wem hast du das gehört?«

Die Nandl druckte eine Zeitlang herum, aber der Stöger ließ nicht locker, ja er griff nochmals um ein Geldstück in die Hosentasche. Und dann wusste er, dass die Stemmlerin es der Nandl gesagt hatte.

Damit wusste der Stöger auch, von wo eigentlich das Ganze ausging. Er machte sich wieder auf den Weg, sagte, dass er zum Oberwirt gehe, bog aber dann in das Gässchen zwischen dem Rösslwirt und der Schmiede ein.

Das Ladenglöcklein der Magda Bergmayr bimmelte, und als sie aus der Küche kam, stand der Stöger im Laden. Sie musste ein schlechtes Gewissen haben, die gute Magda, denn sie blieb unter der halbgeöffneten Küchentür stehen und fragte den Bauern, was er wünsche.

»Ein paar gute Zigarren will ich.«

Sie stellte ihm ein paar Schachteln hin. Er nahm eine heraus, roch ein wenig daran und biss ihr dann die Spitze ab.

»Von der Sorte kannst mir gleich ein paar Schachteln einpacken«, sagte er, als er den ersten Zug gemacht hatte und den Rauch genießerisch um seine Nase wehen ließ.

»Gleich fünfzig Stück?«, fragte die Bergmayrin.

»Ja, ja, gleich fünfzig Stück. Meinst du, ich bin so ein Fretter, der mit einer anfangt? Da kannst mir gleich alle Monat fünfzig Stück herrichten.«

»Aber recht gern, Stöger. Es freut mich, dass dir meine Ware so zusagt. Und, nicht wahr – ein bissel was muss ja der Mensch haben. Der eine raucht, der andere schnupft, der dritte trinkt. Haben muss jeder was.«

»Na ja, sonst hat man ja auch nichts wie Ärger auf der Welt.«

Der Stöger drehte sich an der Tür noch mal um.

»Denk dir nur, Kramerin – muss ich da demnächst ein paar so Malefizratschen auf der Gemeinde vorladen lassen. Wirst vielleicht schon etwas gehört haben wegen meinem Knecht, dem Maximilian, und meiner Julia. Kein Sterbenswörtel ist daran natürlich wahr. Ich weiß zwar noch nicht genau, von wem der Schmarren ausgegangen ist, aber die hat ja nichts zu lachen, wenn ich dahinterkomme. Also, gute Nacht, Kramerin! Und schickst mir jeden Monat ein paar Schachteln von der Sorte da nauf.«

»Ist schon recht, Stögerbauer. Gute Nacht!«

Die Stimme der Frau Magda klang so dünn wie ein Zwirnsfaden. Die Angst steckte ihr im Hals, dass sie auch dabei sein könnte unter den Malefizratschen, die der Stöger vorladen lassen wollte. Sie war bitterböse auf die Stemmlerin, die dieses Gerücht als erste in ihren Laden getragen hatte. Sie schaute auf die Uhr, ob es noch nicht Zeit sei, den Laden zu schließen. Dann wollte sie gleich zur Stemmlerin hinüber.

Der Stöger ging nun zum Oberwirt, setzte sich an den Stammtisch und spitzte die Ohren. Es war alles wie sonst, und der Stöger stellte befriedigt fest, dass das Gerücht noch gar nicht groß in Umlauf gekommen war.

Auch sonst war er sehr zufrieden mit diesem Abend. Es war bei der Nandl und der Kramerin alles besser gegangen, als er es sich gedacht hatte.

Später machte er noch einen scharfen Tarock mit und ging gegen halb elf Uhr wieder heim.

Vor den Stubenfenstern blieb er stehen und horchte. Nichts rührte sich drinnen. Er sperrte die Türe auf und rief: »Julia ...«

Julia erhob sich aus der Ecke und ging mit abgewandtem Gesicht am Vater vorbei zur Tür. Eine mitleidige Regung wollte ihn übermannen, doch er unterdrückte sie sogleich wieder, stieg hinter ihr die Treppe hinauf und zog auch von ihrer Kammer den Schlüssel ab. Er traute ihr nicht und rechnete damit, dass sie das Haus verlassen und zum Maximilian gehen könnte. Das musste er um jeden Preis verhindern.

Julia stand aber gar nicht der Sinn danach. Sie saß auf dem Bettrand, wie sie drunten in der Stube gesessen hatte, unfähig, das alles zu begreifen. Noch war sie wie gelähmt von den Ereignissen und sie konnte sich noch nicht vorstellen, wie nun alles werden sollte.

Jedenfalls, das stand fest, musste sie versuchen, mit Maximilian zu sprechen. Es würde ja nicht so sein, dass sie nun dauernd eingesperrt bliebe. Bei der nächstbesten Gelegenheit musste sie ihn aufsuchen und ihm sagen, dass er den Mut nicht verlieren solle. Ja, sie trug sich sogar mit dem Gedanken, nie mehr auf den Stögerhof zurückzukehren.

So zermarterte Julia sich den Kopf in einer endlos langen schlaflosen Nacht. Und als der Morgen graute, war ihr Entschluss felsenfest, schon heute davonzulaufen. Mochte der Vater dann sehen, wie er ohne sie auskam. Jedenfalls war ihr Platz jetzt bei Maximilian und nicht bei ihrem Vater.

Es wollte ihr aber nicht gelingen, vom Haus fortzukommen. Der Vater stand immer und überall hinter ihr.

Oh, er hatte sie durchschaut und wusste, was in ihr vorging. Zunächst war es mehr ein Wundern, dass ein Mädel wie die Julia so närrisch verliebt sein konnte, dass sie am liebsten Haus und Hof verlassen hätte. Aber dann schüttelte ihn wieder ein stummer, verbissener Zorn.

In Julias Kammer war ein Korb mit Wäsche und Kleidern gepackt. Der Bauer hatte es entdeckt und daraus entnommen, was die Tochter im Sinn hatte. Dann beobachtete er zudem, wie sie dem Jungknecht einen Brief zusteckte.

Stöger ließ den Knecht nicht mehr aus den Augen. Es

wurde Abend. Da wollte sich der Knecht davonmachen, in den Wald hinauf. Aber als er bei der hinteren Stalltür hinausging, stand breit und wuchtig der Stöger davor.

»Wo willst denn noch hin, Valentin?«

Der Knecht erschrak sichtlich. »Nirgends – nein, nirgends will ich hin. Bloß ein wenig Luft schnappen wollt ich noch.«

»Geh, halt mich doch nicht für so dumm. Hast den Tag über nicht Luft genug geschnappt? Gib mir einmal den Brief her, den du da in der Joppentasche hast.« Und ehe der Knecht es abwehren konnte, griff der Stöger ihm in die Tasche und nahm den Brief. »Einen Rat will ich dir noch geben, Valentin: Misch dich nicht in Sachen, die dich nichts angehen. Du bist bei mir als Knecht eingestellt und nicht als Briefbote. Solltest du anderer Meinung sein, dann kannst gehen, noch vor Lichtmess sogar!«

Der Stöger ging in die Küche, sah die Julia in der Eckbank sitzen und fuhr sie an:

»Mach kein solches Rüh-mich-nicht-an-Gesicht. Vier Tage sitzt jetzt schon umeinander und redest kein Wörtl!« Er nahm den Brief aus der Tasche und öffnete das Ofentürchen: »Diese Dummheiten sollst bleiben lassen, ich rate es dir im Guten.«

Die Flammen fraßen den Brief.

Julia hatte kaum den Kopf gehoben bei den Worten des Vaters. Erst als sie den Brief in seiner Hand sah, flog ein Zucken über ihr Gesicht.

Also, auch das war fehlgeschlagen. War das überhaupt noch ein Vater? Konnte er denn gar kein Verständnis aufbringen für ihre Lage? Er wusste doch, wie es um sie stand. Und plötzlich sprang sie auf und ballte die Fäuste.

»Ich mag nicht mehr! Ich renn noch auf und davon!«

Der Stöger zog die Brauen hart zusammen.

»Schrei nicht so, das steht dir nicht zu«, sagte er kalt. »Hättest dich vorher besonnen. Und wenn du fortrennen willst, so warte gefälligst noch ein paar Tag. Es langt mit der einen Dummheit schon, die du gemacht hast. Da brauchst du nicht noch mehr dazuhäufen. Wo du hinrennen willst, das weiß ich, aber du wirst alt dabei. Es gilt, die Schand, die du über mich und den Hof gebracht hast, zu verbergen. Wie, das überlass nur mir. Kannst dich aber danach richten: In ein paar Tagen fahren wir beide über Land. Dann hast wenigstens deine Wäsche droben und die Kleider nicht umsonst eingepackt.«

Es war das Erste, was Julia und der Vater zusammen gesprochen hatten seit der Stunde, wo die Fäuste das Glück zerschlugen. Oft und oft hatte Julia in diesen Tagen auf irgend etwas gehofft, das sie aus dieser dumpfen Qual retten könnte. Eine heftige Auseinandersetzung oder ein gütliches Reden, ganz gleich, wenn nur etwas Licht hineingekommen wäre in das Dunkel dieser Tage.

Nun aber war auch diese Hoffnung in ihr zerbröckelt. Kalt und fremd hatten die Worte des Vaters sie berührt. Sie nahmen ihr den letzten Rest des Willens, und sie war geneigt, sich stumm und schweigend ihrem Schicksal zu ergeben.

Ein paar Tage später fuhr der Stögerbauer, nachdem er einen Brief erhalten hatte, in aller Morgenfrühe den Wagen aus der Garage. Er bedeutete Julia, sich anzuziehen und ihre Koffer mit der Wäsche zum Wagen zu bringen.

Wenig später ließ er den Motor brummend an, und fort ging es, auf Innsbruck zu. In flotter Fahrt ging es voran.

Vater und Tochter sprachen nichts miteinander. Julia war von einer grenzenlosen Gleichgültigkeit gegen alles, was selbst den Bauern wundernahm. Es war der Julia gleich, wohin sie fuhren. Nur erst einmal von daheim fort sein. Allein sein. Wer wollte sie dann noch daran hindern, dem Maximilian zu schreiben und ihn zu sich zu rufen?

Dieser Gedanke stimmte sie fast fröhlich, und sie richtete die Augen auf die majestätische Bergwelt und hätte wohl gern ein Wort gesprochen, wenn es nicht der Vater gewesen wäre, der breit und wuchtig neben ihr saß. Mit jedem fremden Menschen hätte sie reden mögen, nur mit dem Vater nicht.

Sie hatten Innsbruck durchfahren. Der Wagen fuhr einen steilen Berg hinauf. Da sagte der Stöger das erste Wort. »Du wirst jetzt lange nicht mehr heimkommen.«

»Ich weiß es.«

»Bis über alles Gras gewachsen ist, verstehst du?«

Julia gab keine Antwort.

»Niemand wird etwas erfahren, warum du fort bist.«

Ein wehes Lächeln zuckte um Julias Mund. War denn wirklich die Schande so riesengroß? Wären nicht tausend andere froh, wenn sie vom Muttertum begnadet würden? Wie viele sehnten sich zeitlebens vergebens nach dieser Gnade.

»Es wird vielleicht zwei Jahre dauern, bis du heimkommst«, sagte der Vater wieder.

»Zwei Jahre sind nicht lang«, antwortete Julia. Aber sie dachte: Es wird wohl länger dauern, bis ich heimkomme. Nein, ich gehe überhaupt nicht mehr heim. Ich werde gleich morgen Maximilian schreiben.

»Das Kind kannst du natürlich nicht mit heimbringen. Das wirst du verstehen.«

Julia schoss eine jähe Röte ins Gesicht.

»Es wird bei den Verwandten bleiben, zu denen ich dich bringe. Dass ihm nichts abgeht, dafür sorge ich schon. Deine Dummheit kostet mich ein paar Tausender, aber wenigstens ist dann diese unleidliche Geschichte aus der Welt geschafft.«

Julia konnte mit dem besten Willen keine Antwort mehr geben. Ihr war, als säße ein ihr völlig fremder Mensch neben ihr. Wie der Vater sich das vorstellte, das konnte sie sich gar nicht zusammenreimen. So viel aber hatte sie herausgefunden, dass sie zu den entfernten mütterlichen Verwandten ins Navistal gebracht werden sollte. Sie kannte diese Menschen zwar nicht, aber es war ihr doch lieber, bei denen zu sein, als zu Hause beim Vater.

Immer schöner wurde der Morgen. Über der grünen Waldkuppe des Berges Isel verschwammen leichte Nebelschleier und öffneten den Blick in die große, erhabene Bergwelt. Die breitgestreckten Mauern des ehrwürdigen Stiftes Wilten leuchteten herüber. Das Kreuz der Stiftskirche strahlte wie Gold in der Vormittagssonne.

Julia warf einen Blick zurück, sah Innsbruck drunten in der Tiefe liegen. Weich und mütterlich umschmeichelte das Sonnenlicht Häuser und Giebel, und nur ganz verschwommen drang der Lärm der Stadt herauf bis zu dieser Höhe.

Immer weiter ging es bergauf. Der Wagen ächzte. Und je höher sie kamen, desto stiller wurde es. Hohe Wälder umsäumten die Straße ein gutes Stück. Man hörte einen Specht klopfen, und von irgendwoher kam der Schrei eines Reihers. Es musste also irgendwo in der Tiefe des Waldes ein kleiner See sein.

All diese Geräusche wurden übertönt vom gleichmäßigen Brummen des Motors.

Endlich, gegen die Mittagsstunde, gelangten sie an ihr Ziel, ein kleines Bauernanwesen, und unter der Tür hieß eine große, stattliche Frau mit herben Gesichtszügen sie willkommen. Sie wusste Bescheid, warum das Mädchen für eine gewisse Zeit in ihr abgelegenes, einsames Haus aufgenommen werden sollte.

Elisabeth Holster kannte wohl den Stögerbauern, Julia hatte sie noch nie gesehen, obwohl sie ja eigentlich ihre Kusine war. Und als sie ihr jetzt gegenüberstand, war sie fast ein wenig verlegen. Sie hatte sich ein ganz anderes Mädchen vorgestellt. Die junge, strahlende Schönheit Julias machte sichtlich Eindruck auf sie.

»Hoffentlich gefällt es dir hier«, sagte sie zu Julia. »Es ist wohl einsam bei uns, aber die Luft ist gesund und gut.«

Julia nickte ihr zu und schaute wieder hinüber zu den Wänden der Stubaier Berge, die in der Sonne funkelten.

Ein paar halbwüchsige Kinder kamen und drängten sich an die Mutter. Sie waren schüchtern und getrauten sich nicht, der fremden Tante die Hand zu geben, obwohl die Mutter sie dazu aufforderte.

Der Stöger sagte: »Den Wagen kann ich da stehen lassen. Nach dem Essen will ich mich gleich wieder auf den Heimweg machen.«

»Bleibst nicht wenigstens da, bis mein Mann kommt?«, fragte die Frau.

»Er wird doch wohl zu Mittag kommen, und bis dahin bin ich ja noch hier. Im übrigen gibt es wohl nicht mehr viel zu bereden. Wie ich euch geschrieben habe, so wird es gehalten.«

Die Frau wandte sich jetzt wieder an Julia: »Komm mit, ich zeige dir deine Kammer.«

Gegen Mittag kam der Holster heim vom Felde. Julia sah ihn drunten am Wegkreuz bei ihrem Vater stehen. Der Vater redete lebhaft auf ihn ein, doch Holster nickte nur ein paarmal. Er war ein schweigsamer Mann, der in zäher, mühsamer Arbeit seinen paar kargen Äckern das Brot abringen musste. Er konnte Julia wohl brauchen als Hilfe, aber es kümmerte ihn nicht weiter der Grund, warum der Stöger sie hierher verbannte.

Bald danach fuhr der Stöger wieder fort. Er schielte zwar ein wenig nach der Haustür, aber Julia ließ sich nicht sehen.

»Nun«, sagte er, und griff sich in den Bart. »Dann eben nicht.«

Er gab Gas und fuhr in flotter Fahrt davon.

– 7 –

Es war ihm auf der Heimfahrt aber doch nicht ganz wohl zumute. Er kam sich vielmehr vor wie ein Henker, nun, da er seine Tochter fortgeschafft hatte. Ja, er fragte sich sogar, ob dies nötig gewesen sei und ob er richtig gehandelt habe.

Sofort aber schüttelte er den Kopf.

Jawohl, es gab keinen anderen Ausweg. Er würde es nicht ertragen haben, wenn die Flurser in ein paar Monaten angefangen hätten zu tuscheln und zu spötteln.

Wenn es wenigstens ein anderer gewesen wäre! Aber ausgerechnet der Maximilian Brunner, von dem noch kein Mensch etwas Besonderes gehalten hatte. Allerdings, wenn er ehrlich sein wollte, musste er zugeben, dass er mit ihm sehr zufrieden gewesen war. Er war ein fleißiger Arbeiter, auf den Verlass war in allen Dingen. Aber das berechtigte ihn keineswegs, die Hände nach Julia zu strecken.

Ich habe schon recht getan so, wie ich es gemacht habe, sagte er sich und gab wieder Gas.

Als er nach Flurs kam, ging es schon auf den Abend zu. Er hielt gleich bei dem ersten kleinen Häusl, das ein wenig abseits von der Straße stand, stieg aus und stelzte auf dem Wiesenpfad dem Häusl zu.

Dort wohnte der Briefträger Korbinian Federl. Den brauchte er jetzt. Er wusste, dass es bei dem oft armselig herging, denn der Federl hatte acht Kinder und trank zuweilen sehr gern ein paar Schoppen über den Durst.

Korbinian trat aus dem Haus, als er den Großbauern herankommen sah.

»Bist daheim, Korbinian?« sagte der Stöger und tippte an den Hutrand. »Grüß dich! Das ist mir ganz recht, dass ich dich treff. Dich brauch ich nämlich notwendig, vorausgesetzt, dass du das Maul halten kannst.«

»Was gibt es denn?«

Der Stöger sah sich erst um, ob niemand in der Nähe sei. Dann fasste er den anderen am Ärmel.

»Komm mit auf die Straße raus. Es braucht kein Mensch zu hören, was wir zwei verhandeln. Also, pass auf: Du kannst dir ein ganz schönes Geld verdienen, wenn du mir einen kleinen Gefallen erweisen möchtest.«

»Wenn es weiter nichts ist, warum denn nicht?«

»Es ist gar nichts dabei. Du sollst die Briefe, die wahrscheinlich in nächster Zeit an den Maximilian Brunner kommen, mir geben.«

Korbinian Federl kratzte sich hinter dem Ohr. »Du, das ist aber eine brenzlige Sache.«

»Ach, woher! Gar nichts ist dabei. Die Briefe, verstehst du, die Briefe kommen von meiner Julia, die ich heut auf eine Zeitlang zu Verwandten gebracht hab. Ich als Vater hab ein gewisses Recht auf die Briefe, verstehst du? Nein, das verstehst du natürlich nicht, weil deine Pampsen noch alle klein sind. Aber wart nur, wenn sie groß sind, dann wirst schon daraufkommen, dass man als Vater manchmal so handeln muss wie ich jetzt.«

»Na ja, ich glaub, ich werd es schon machen.«

»Für jeden Brief, den du mir bringst, geb ich dir fünf Mark. Außerdem sollst auch sonst nicht zu kurz kommen. Es liegt mir gar nichts an einem Zentner Weizen im Herbst.«

»Also gut, du kannst dich auf mich verlassen, Stöger.«

»Abgemacht Korbinian, dann haben wir es schon wieder. Gut Nacht, Korbinian.«

Der Stöger stieg in seinen Wagen, grüßte noch einmal und fuhr davon, dass der Staub aufwirbelte.

Mit diesem Tag konnte er zufrieden sein. Alles hatte er nach seinem Willen gelenkt und durchgeführt. Ha, da soll einer hergehen und sagen, der Stöger sei kein Kerl.

Als er daheim ankam, fand er in der Küche einen Brief, an ihn gerichtet, auf dem Tisch liegen. Zuerst meinte er gleich, dieser Brief sei vom Maximilian. Aber als er ihn aufgerissen hatte, sah er, dass er von der Magda Bergmayr war. Sie schrieb:

»Sehr geschätzter Herr Breitenbacher! Indem du mir aufgetragen hast, dass du jeden Monat deine bestimmten Zigarren möxt, teile ich dir mit, dass heite der Reisende wieder da war und ich ihm gleich welche bestehlt habe, damit ich dich imer solid bedinnen kann. Vonwegen der Ratschweiber wo du gesagt hast, kann ich dir midteilen, dass ich ein paar gleich die Meinung richdig gesaggt habe, indem sie bei mir anfangen wolten mit dem Schmarrn. Es geht niemand nichts an hab ich gesaggt, was andre Leite tun und in meinem Laden will ich überhaupt nichts hören, hab ich gesaggt, von der Julia sowas zu saggen. Die kan an jedem Finger einen haben und braucht keinen Knecht nicht. Und überhaupd ist gar nichts Wahres dran hab ich gesaggt. Ich wil kein Wort mehr hören, hab ich gesaggt in meinem Laden. Wär mir schön genung, wenn ich den Stöger deswegen verlieren müsste, wo er so eine gudde Kundtschafd ist hab ich gesaggt.

Es gibt mir kein Mensch was, wenn du zum andern Kramer gehst und deine Sachen dort kauffst. Das wäre bidder für mich, denn ich hab auch viel Steuer und Abgabben zu zallen und überhaupd hab ich immer die beste Ware und die Pröbst nicht. Der ihr Laden ist soo feucht und halten sich keine Zigarren nicht lange.

Das hab ich dir schreiben missen lieber Stögerbauer damid du es weißt, wer es gut meint mit dir und ganz auf deiner Seidde ist, da kann grad kommen was will womid ich mit den besten grüssen bin.

Magda Bergmayr, Kolonialwaren- und Kurzwarenhandlung.«

Der Stöger lachte herzhaft, als er den Brief aus der Hand legte.

»Jetzt kriecht sie zum Kreuz, die Ratschen, die miserablige!«

Ein paar Tage herrschte noch eine dumpfe Leere am Stögerhof. Julia wurde überall vermisst, sie ging in vielem ab, und der Bauer biss sich oft auf die Lippen, um keinen Vorwurf in sich aufkommen zu lassen. Aber dann ging das Leben auf dem Hof in den alten Trott über, und es wurde unter der Fülle der Arbeit so manches vergessen, was zum Nachdenken hätte Anlass geben können.

Als Maximilian Brunner damals am späten Abend in die Jagdhütte kam, schrie seine Mutter auf, so sehr erschrak sie über sein verstörtes Gesicht.

Sie fragte mit keinem Wort und wusste doch alles, was geschehen war, hatte immer dunkel vorausgeahnt, dass es einmal so kommen würde.

Aber selbst wenn sie gefragt hätte, Maximilian würde nicht geantwortet haben. Er saß am Tisch, den Kopf in die Fäuste vergraben, und rührte sich nicht. Geduldig wartete die Mutter und dachte, dass er schon selber sprechen würde, wenn er mit sich selbst ins Reine gekommen sein würde. Das hatte er immer so gemacht.

Diesmal aber ließ er sehr lange auf sich warten. Erst am nächsten Morgen hatte er plötzlich mit knirschenden Zähnen gesagt:

»Es ist gut, dass es Julias Vater war. Einen andern hätte ich erwürgt.«

Die Mutter hatte geantwortet: »Ich habe es so kommen sehen, Maximilian.«

»Aber deswegen hätte er mich nicht mit den Fäusten bearbeiten brauchen. Ich bin doch kein Verbrecher. Und warum eigentlich? Was habe ich denn verbrochen? Ich habe Julia lieb und sie mich.«

»Dies mag schon zuviel gewesen sein für den stolzen Bauern.«

Maximilian hatte aber noch nicht alle Hoffnung aufgegeben.

»Er kann mir die Julia doch nicht nehmen. Sie gehört zu mir – viel mehr zu mir als zu ihm. Pass auf, Mutter, sie wird kommen. Oder sie schickt mir zumindest eine Nachricht.«

Es kam keine Nachricht. Maximilian ging täglich durch den Wald, hockte sich dort, von wo aus man den Stögerhof überschauen konnte, in den Schatten der Bäume und ließ den Hof nicht aus den Augen.

Manchmal sah er die Julia aus dem Haus treten und wieder zurück. Das war auch alles. Auf Nachricht wartete er umsonst. Dennoch wurde er nicht irr in dem Glauben an sie und ihre Liebe.

Dann kam ein langer Tag, an dem er sie überhaupt nicht sah. Dafür sah er am Abend den Bauern mit dem Wagen auf den Hof zurückkommen.

Es war ihm sofort klar, was geschehen war. Und er rannte heim in seiner trostlosen Verlassenheit und schrie sich seine Verzweiflung heraus: »Mutter, ich glaube – er hat sie fortgeschafft.«

Die Mutter zog seinen Kopf an ihre Brust, streichelte ihm das Haar und holte allen Trost wieder hervor, den sie ihm in diesen Tagen schon so oft zugesprochen hatte.

Schweigend hörte er sie an und nickte ein paarmal vor sich hin.

»Sag mir um Himmels willen, Mutter, warum das alles sein muss. Nur, weil wir arm sind? Sind wir deswegen denn weniger wert? Nein, die Julia verachtet uns nicht, die denkt anders. Du wirst sehen, Mutter, sie wird mir schreiben. Ganz sicher tut sie das. Ich kenne doch meine Julia. Die lässt mich nicht so in der Ungewissheit sitzen. Daheim konnte sie vielleicht nicht schreiben. Jetzt sehe ich alles ganz klar. Sie muss mir ja schreiben. Ach, Mutter, du weißt ja gar nicht alles.«

Nein, die Mutter wusste nicht alles. Sie war dennoch froh, dass ihr Bub wieder etwas Zuversicht gefunden hatte. Sie trug selber mit an seiner Qual, trug vielleicht noch schwerer daran, weil sie ihm nicht helfen konnte.

Es dauerte aber nicht lange mit Maximilians Zuversicht. Jedesmal, wenn ein Tag versank, überkam ihn trostlose Leere, und das Warten auf eine einzige Zeile von Julia zermürbte ihn allmählich.

Einmal erwischte er den Valentin vom Stögerhof. Von ihm wollte er wissen, wo Julia sei. Aber der Knecht wusste es wirklich nicht. Der Bauer habe sie wohl eines Morgens mit Sack und Pack in den Wagen gesetzt, aber niemand vom Hof wisse, wohin er mit ihr gefahren sei.

Maximilian wurde mit der Zeit müde und abgestumpft vom ewigen Warten auf eine Nachricht von Julia. Sein Lachen klang noch spärlicher, und es kam nur mehr ganz selten vor, dass er den Mund auftat zu längerer Rede. Seine Mutter betrachtete dieses Gebaren mit heimlicher Angst. Es war ihr nicht ganz begreiflich, dass ein Mensch so schwach und klein werden konnte wegen einer Sache, die von Anfang an einen solchen Ausgang versprach. Sie sorgte sich fast mehr um ihn als in jenen frühen Tagen, da er noch Knabe gewesen war. Auch hatte er etwas Horchendes in seinen Gesichtsausdruck bekommen, so wie es Menschen haben, denen ein großes Leid geschieht und die nicht begreifen können, weshalb es gerade sie trifft.

Einmal sprang Maximilian plötzlich ein eigentümlicher Gedanke an. Sollte Julia ihn vergessen haben?

Der Atem wurde ihm eng und knapp, als er das dachte, und seine Fäuste ballten sich zitternd. War die Julia doch so sehr Tochter vom Stögerbauern, nun selber einzusehen, dass ihre erste Liebe ein Irrtum war und sie ihn darum vergessen wollte?

Das könnte wohl sein, ja. Maximilian wollte nur nicht wahrhaben, dass es so etwas geben könnte, denn es war doch das andere da – das sich nicht mehr aus der Welt leugnen ließ – und das ihm ein gewisses Recht gab auf die

Julia, und wenn sie dreimal die Tochter des protzigen Stögerhofbauern war!

Er verlor wiederum ein beträchtliches Maß an Sicherheit und tastete sich hilfesuchend zu seiner Mutter, die wohl dem Buben früher ein tröstliches Wort zu sagen vermocht hatte, aber mit der Verzweiflung des Burschen nichts anzufangen wusste.

Und der Sohn hörte zum ersten Mal in seinem Leben Worte von seiner Mutter, die ihn verwundert aufhorchen ließen. Das klang nicht mehr wie Trost, sondern wie Tadel.

»Es ist nicht die Art eines Mannes«, sagte sie, »tagelang herumzusitzen wie einer, der die Arbeit fürchtet. Und alles eines Mädchens wegen, das ihn doch vergessen zu haben scheint, denn sonst würde sie doch ein Sterbenswörtl von sich hören lassen. Man hat dich beschämt, nun liegt es an dir, die Antwort darauf zu geben. Das ist verkehrt, hier herumzusitzen und die Hände feiern zu lassen. Zeig ihnen doch, dass du auch deinen Stolz hast! Lass das Brüten, das ist Weiberart. Pack an und beweis durch deine Arbeit ihnen und dir, wer du bist und was du wert bist!«

Sie wusste nicht, ob Maximilian zugehört hatte, denn er starrte während der ganzen Zeit auf einen bunten Falter, der sich vor ihm auf einer hohen Grasrispe hin- und herwiegte. Seine Flügel waren halb geöffnet und von der sinkenden Sonne so durchleuchtet, dass das zarte Geflecht der Adern sichtbar war. Maximilian erhob sich. Steil und eckig stand er eine Weile da, dann sagte er: »Du hast recht, Mutter, jawohl, ganz recht hast du. Ich will wieder arbeiten und Geld verdienen.«

Ein verwegener Gedanke hatte ihn durchzuckt: Es müsste schön sein, so viel Geld zu verdienen, dass man erhobenen Hauptes in den Hof gehen konnte, wo die Fäuste sein Glück zerschlagen hatten, und fragen: Was kostet dein Hof, Breitenbacher?

Maximilian spielte mit dem Gedanken und ging langsam von der Mutter fort in die Tiefe des Waldes hinein und kam erst spät in der Nacht zurück.

Am nächsten Tag hatte er Arbeit gefunden. Maximilian war zum Forstmeister gegangen. Man konnte immer Leute gebrauchen im Forst, und so klang Maximilians Axt bis zum sinkenden Abend hell und kriegerisch durch den Wald.

Man sollte keine Axt in den Händen haben, wenn einem bei einsamer Arbeit ein Mensch über den Weg läuft, den man hasst. Maximilian warf darum die Axt beiseite, als unverhofft der Stögerhofbauer vor ihm stand, der sich hierher verirrt hatte.

Er trat auf den Bauern zu und zwang sich, ruhig zu sein. Jetzt musste er ihm sagen, wohin der die Julia getan hatte.

Der Stöger sah zu spät, dass er auf einen falschen Weg geraten war. Obwohl er sich nie in seinem Leben gefürchtet hatte, war es ihm nun doch ein wenig unheimlich, hier, in diesem großen, schweigenden Wald dem Maximilian Brunner zu begegnen. Er griff unwillkürlich an die linke Hosennaht, wo er sein Messer trug. Maximilian sah es und seine Augen spannten sich.

»Lass das sein, Stögerbauer. Ich fürchte dein Messer nicht. Sonst hätte ich meine Axt nicht fortgeworfen. Aber es wird gut für dich sein, wenn du vernünftig bist.« Er sah dem Bauern mit zwingendem Blick in die Augen. »Sag mir, wo die Julia ist.«

Der Stöger wich dem Blick aus, gab keine Antwort und wollte weitergehen. Da vertrat Maximilian ihm den Weg.

»Wo ist die Julia?« fragte er zum zweiten Mal. Seine Stimme klang schon nicht mehr so ruhig.

»Du wirst mich nicht zwingen, es zu sagen«, antwortete der Stöger. »Ich habe sie dir aus den Augen geschafft, das war meine Vaterpflicht. Jeder andere hätte genauso gehandelt. Und nun gib mir den Weg frei.«

»Mach keinen Unfug, Bauer. Bilde dir nur nicht ein, dass ich dich fürchte, weil ich einmal so dumm war, mich von dir schlagen zu lassen. Sei nicht unvernünftig, Stöger. Wir sind ganz allein hier im Wald. Niemand wird dich rufen hören. Sag mir, wo die Julia ist!«

Den Bauern sprang die Wut an, und er machte trotz Maximilians Warnung eine Dummheit, indem er den Burschen hart gegen die Brust stieß, um den Weg frei zu bekommen.

»Scher dich zum Teufel!«, schrie er. »Du wirst nie erleben, dass ich es dir sage! Auf diese Art kannst du mich schon gar nicht dazu zwingen. Es geht dich überhaupt einen Dreck an, wo sie ist!«

Maximilians Augen schlossen sich zu einem kleinen Spalt.

»Weiß der Stöger denn nicht, dass ich ein Recht darauf habe, es zu wissen?«

»Nichts weiß ich, gar nichts. Und ich will auch gar nichts wissen. Es wird mir zu dumm jetzt mit deiner Fragerei! Gib den Weg frei, oder es wird dich reuen! Wie ein Strauchdieb stellst du dich her und willst mich erpressen!«

Weiter kam er nicht. Mit eisernem Griff hatte Maximilian ihn an der Brust gefasst und zu sich hergerissen. Und dann geschah es. Der Bauer schlug zu, mitten in das zornige Gesicht des Jungen hinein. Er konnte es nur einmal tun, dann umklammerten Maximilians Hände seinen Hals. Unbarmherzig drückte er ihm die Kehle zusammen. Nur im Hinstürzen der beiden Körper lockerte sich der Griff ein wenig. Aber dann kniete er dem Stöger auf der Brust, drückte wieder zu, dass dem der Atem eng wurde.

»Wo ist Julia?«, forderte Maximilian immer wieder und lockerte dann für einen Augenblick die Umklammerung, damit der Bauer Antwort geben könne.

Der Stöger fühlte seine Kräfte schwinden. Gegen die Bärenkraft des Jungen konnte er nicht an. Er überlegte sich schon, ob er nicht doch Julias Aufenthalt preisgeben sollte. Es war immerhin besser, als hier abgewürgt zu werden.

War denn gar niemand in der Nähe, der ihn aus diesem würgenden Griff hätte befreien können? Er versuchte zu schreien, aber es wurde nur ein Röcheln. Nun wollte er es sagen.

Da klang ein Ruf, und augenblicklich wurde Maximilians Griff locker. Er stand auf und schaute zur Lichtung hinauf, von wo der Ruf gekommen war. Der Mann am Boden kümmerte ihn nun nicht mehr.

Seine Mutter hatte ihn angerufen und kam nun, so schnell es ihre Füße erlaubten, herunter.

Der Stöger raffte sich auf, strich sich den zerzausten Bart zurecht und trachtete davonzueilen.

»Das kommt dich teuer zu stehen!«, schrie er vom Weg herauf, auf den er erstaunlich schnell gelangt war. »Ich schicke dir die Polizei! Kannst Gift darauf nehmen! Es wird dir eine Zeitlang nicht mehr einfallen, anständige Leute zu überfallen.«

Maximilian rührte sich nicht, obwohl es ihm ein Leichtes gewesen wäre, den Mann einzuholen. Aber seine Mutter stand neben ihm und hielt seine Hand.

»Glaubst du, dass du nun etwas besser gemacht hast?«, fragte sie.

»Nein, ich weiß es, aber ich konnte nicht anders, ich musste es tun. Es ist nur gut, dass du gekommen bist, sonst – ich glaube – dass ich ihn erwürgt hätte.«

Die folgenden Tage lebte Maximilian in banger Erwartung dahin. Er wartete darauf, dass die Polizei käme, um ihn zu vernehmen. Aber niemand kam.

Es verging eine Woche, und es war immer noch nichts geschehen.

Der Stöger hatte im ersten Zorn wirklich daran gedacht, die Sache anzuzeigen. Aber je länger er sich das überlegte, desto mehr kam er zu der Einsicht, dass dies keinen sonderlichen Nutzen hätte. Die Leute würden nur wieder zu munkeln anfangen, und was allmählich eingeschlafen war, erhielt neue Nahrung. Er dürfte ja gar nicht einmal sagen, weshalb der Kerl ihn angefallen hatte und was der von ihm wissen wollte. Nein, viel besser war es, er schluckte den Zorn hinunter und verhielt sich still. Freilich, es fiel ihm schwer genug, aber man konnte wohl auch einmal eine Schande einstecken, wenn es zum Vorteil war. Er durfte nur in seiner Schlafkammer den Schubladen öffnen und die beiden Briefe lesen, die Julia bisher an den Maximilian geschrieben hatte, dann erkannte er, wie wichtig es für ihn war, die beschämende Sache da droben im Walde zu verschweigen.

Zwischen Sankt Kathrein und Matrei lag das Häusl des Sebastian Holster, in dem Julia nun schon über einen Monat weilte. Es war wie ein Schwalbennest an den Berg gebaut, und wenn man auf dem Balkon stand, so konnte man weit hineinschauen in das Navistal, und auf der anderen Seite tief hinunter, wo die Sill brausend ins Tal stürzte.

Julia gestand sich ein: Die Verbannung war zu ertragen. Die Holsters waren gute Leute. Mit keinem Wort wurde der Grund ihres Hierseins erwähnt. Sie taten dem reichen Vetter in Flurs eben den Gefallen, weil ja arme Leute selten nein sagen können, wenn sie um eine Gefälligkeit ersucht werden. Außerdem hatte der Breitenbacher sich nicht geizig gezeigt und dem Sebastian Holster mehrere braune und blaue Geldscheine in die Hand gedrückt, denn der Julia sollte es an nichts mangeln. Der Holster konnte das Geld prächtig gebrauchen, denn die Not war nur allzu oft getreuer Gast gewesen.

Julia lernte hier die andere Seite des Lebens kennen. Daheim hatte sie aus dem Vollen schöpfen können, hatte keinen einzigen Wunsch zurückzustellen brauchen. Hier lagen die Dinge anders, hier stand hinter allem ein mühsamer Erwerb. Julia nahm sich der beiden Kinder an, richtete sie am Morgen für die Schule zurecht, griff dann im Hauswesen fest mit zu und ging auch mit hinaus auf die Felder. Ihre stille und ruhige Art war dazu geschaffen, sich Vertrauen zu erringen.

Aber niemand im Hause ahnte, wie sie litt. Fast ängstlich verbarg sie ihre Qual vor den Verwandten. Noch nie wird im Navistal jemand mit solcher Sehnsucht tagtäglich auf den Postboten gewartet haben wie die Julia Breitenbacher.

Als sie das erste Mal an Maximilian geschrieben hatte, da war ihr wieder leichter ums Herz. Sie hatte ihm alles erklärt und ihm genau geschrieben, wie er zu ihr gelangen konnte. Sie hatte noch hinzugefügt, dass der Vater anstellen könne, was er wolle, sie lasse dennoch nicht von ihrem Maximilian. Nur schreiben solle er sofort. Wenn es nur ein paar Worte seien.

Sie hatte drei Tage gewartet und sich gewundert, dass Maximilian keine Antwort gab. Am vierten Tag fragte sie auf dem Anger drunten den Postboten: »Kein Brief für mich?«

Sie fragte seitdem nicht mehr. Aber sie hatte noch einen zweiten Brief geschrieben, in dem sie Maximilian ihre ganze Sehnsucht mitteilte, und in dem sie ihn noch einmal inbrünstig bat, zu ihr zu kommen, damit sie sich aussprechen könnten, was nun werden solle. Sie würde sich ganz nach seinem Willen richten, würde mit ihm fortziehen, wohin er wolle. Der Vater könne dann mit dem Hof machen, was ihm beliebe.

Als auch auf diesen Brief keine Antwort kam, wusste Julia überhaupt nicht mehr, was sie davon halten sollte. Ein drittes Mal zu schreiben, dagegen bäumte sich etwas in ihr auf.

Ihr Gesicht begann schmäler zu werden. Unter den Augen zeichneten sich dunkle Ringe, der Mund verlor die weichen Linien. Und doch hatte sie den Glauben an Maximilian noch nicht verloren. Jeden Sonntagnachmittag ging sie ein Stück über Matrei hinaus auf einen abgeschiedenen Platz, von wo aus man die Straße weit überblicken konnte. Hier saß sie wie ein Jäger, der auf ein Wild lauert. Einmal musste doch der Tag kommen, an dem Maximilian den Weg heraufsteigen würde. Tausendmal hatte sie sich den Augenblick schon ausgemalt, und was alles sein würde, wenn sie ihn auf der Straße von Innsbruck her sehen würde. In ihren Träumen hatte sie den Augenblick oft glückhaft empfunden, und deshalb konnte es doch nicht sein, dass ihr Warten vergeblich blieb.

Es kamen viele Menschen die Straße herauf, aber Maximilian war nie dabei. Sie hätte ihn unter Hunderten sofort herausgefunden. Und sie wartete noch oft, bis die Sonne ihr letztes Leuchten um die Flanken der Serlesspitze zündete, und konnte nicht fassen, dass auch dieser Tag wieder nutzlos zerronnen war.

Auch heute saß sie hier, die Augen auf die große Straße gerichtet. Es war ein Tag voll hellem Blau. In Steinbach war ein Volksfest, und sie sah viele Menschen aus den Seitentälern kommen, die alle der Hauptstraße zustrebten. Auch der Holster war mittags mit Frau und Kindern dorthin aufgebrochen und hätte Julia gern mitgenommen. Aber sie hatte abgelehnt. Zum ersten Mal sprach der Mann ernsthaft auf sie ein.

»Sei doch vernünftig, Julia. Das ist doch kein Grund, dass du dich von allem ausschließt. Du musst mehr unter die Menschen gehen, das ist gut fürs Gemüt. Komm doch mit!«

Sie hatte den Kopf geschüttelt. »Das versteht ihr nicht. Ich muss warten. Es könnte doch sein, dass grad heute das käm, worauf ich seit Wochen warte.«

So saß sie also wieder hier wie all die anderen Sonntage zuvor im Schatten einer alten Buche und hatte die Hände um die aufgezogenen Knie verschlungen. Ihr zu Füßen lag das Schloss Trautson. Hell flimmerte die Sonne an dem alten Gemäuer, und die Wetterfahne auf dem Sattelturm knarrte leise im Wind. Im Schlosshof war Stille, nur einmal lief eine gelbe Dogge über den Hof, bellte zu ihr herauf und legte sich dann in den Schatten.

Heute spürte sie seltsamerweise gar nicht mehr diese fieberhafte Spannung. Sie sah wohl hinunter auf die Straße, aber sie war sich klar, dass sie auch heute umsonst wartete. Dennoch, es tat gut, allein zu sein. Hier konnte sie alles überdenken und versuchen, mit sich ins Reine zu kommen. Eines stand fest: Sie würde nun nicht mehr länger warten wie eine Bettlerin. Wenn Maximilian nicht begriff, worum sie ihn in ihrem letzten Brief so inständig gebeten hatte, dann konnte sie nun weiter nichts mehr tun, wenn sie sich nicht vor sich selber schämen wollte.

Hatte er den Mut verloren? Hatten die Faustschläge des Stögers auch seine Liebe zerschlagen? Hatte er sie vergessen?

Gut dann, gut! Ich werde auch allein durchs Leben finden!

Es war mehr Trotz, der sie dies sagen ließ, denn sie war sich längst klar, dass sie niemals mehr einen anderen würde lieben können. Sie würde ein Kind haben, man würde sie fragen, wer der Vater sei. Und sie würde es dann nicht sagen, weil ja damit niemandem ein Gefallen erwiesen sei. Den Spott hatte sie so und so zu ertragen. Im übrigen war es ihr gleichgültig, was die Mitmenschen von ihr hielten. Sie war fremd hier, und wenn auch unter den Burschen ihre Schönheit beträchtliches Aufsehen verursachte, sie konnte gewiss nichts dafür. Sie gab keinem ein freundliches Wort, so sehr sich auch manche um sie bemühten. Ihr waren alle gleichgültig. Nur einer konnte sich rühmen, ihre Liebe gehabt zu haben. Und dieser eine wollte nichts mehr von ihr wissen, hatte sie nur geliebt, solange sie die reiche Bauerntochter war, und sie vergessen, als sie verlassen in einem fremden Tal stand.

Und doch, sie konnte ihn deswegen nicht hassen.

Maximilian Brunner, dachte sie und lächelte verträumt, du hast den Mut verloren und den Glauben an mich. Das hättest du nicht dürfen. Du hast versagt, wo es gegolten hätte, mit allem einzustehen …

Der Abend kam. Das Lied der Sill wurde lauter und rauschender. Julia sah hinunter auf das stürzende Wasser. Weißer Gischt sprang auf, wenn die Wellen gegen die Felsen stießen.

An der Weißen Wand begann die Sonne rot zu leuchten. Über die Serles zogen weiße Schäferwölkchen, die Ränder rötlich beglänzt. Drunten im Burghof bellte wieder der Hund. Eine Tür wurde zugeschlagen, ein Misston in dem stillen Abend.

Die Schatten wurden länger und länger. Auf der Serles erlosch das letzte Leuchten. Im weiten Umkreis läuteten die Glocken den Abendgruß, und die Sterne flimmerten auf.

Langsam ging Julia heimwärts. Ohne jemanden im Haus zu treffen, ging sie in ihr Zimmer. Schlafen, das war wohl das Beste.

Hoch stand der Mond über den Bergen. Laut lärmte jetzt die Sill durch die Nacht. Julia hörte es noch lange, ehe sie in einen tiefen Schlaf fiel.

Am nächsten Vormittag bekam sie wirklich einen Brief. Julia griff mit einer Hast danach, die allen auffallen musste. Dann ging sie in ihr Zimmer.

Während sie über die Stiege hinaufschritt, musste sie stehenbleiben, so heftig hatte ihr Herz zu schlagen begonnen. Dann lächelte sie vor sich hin.

Wie hatte sie nur an Maximilian zweifeln können! Nun

hatte er geschrieben, und alles war gut. Welch eine feste Schrift er hatte. Sie hatte bisher noch nie einen Buchstaben von ihm gesehen. Fast dieselbe Schrift hatte er wie ihr Vater.

Sie riss den Brief auf, und ihre Augen weiteten sich.

»Meine Tochter Julia«, stand da.

Der Vater schrieb ihr, nicht Maximilian. Wie hatte sie nur einen Augenblick so hoffnungsfroh sein können!

Es waren belanglose Dinge, die der Vater berichtete. Vom Stand der Ernte, vom Vieh, und dass das Geschwätz im Dorf über den Maximilian und sie, an dem sie ja leider nicht ganz unschuldig sei, bereits verstummt und vergessen sei. Deshalb solle sie nun keine Dummheiten machen und bei Holsters bleiben, solange er dies für gut befinde.

Aber zum Schluss – Julia stockte fast der Herzschlag – zum Schluss schrieb der Vater noch:

»Und vielleicht siehst Du selber ein, welch großen Fehler Du gemacht hast. Der Maximilian hat sich schon mit einer anderen getröstet. Es heißt, dass er mit der Bacher Rosa, der Magd vom Sinzmooser, ein Verhältnis hat. Also, Julia, darum sei überzeugt, dass Dein Vater schon recht gehandelt hat.«

Verstört starrte Julia vor sich hin. Dann musste sie nach einem Halt greifen. Sie spürte plötzlich ihre Beine nicht mehr.

Dass es so etwas geben konnte! Ihr Mund presste sich hart zusammen. Wie hatte sie vertraut auf Maximilian, und er tröstete sich nach Wochen schon mit einer anderen, obwohl er doch wissen musste, wie sie sich nach ihm in Sehnsucht verzehrte. Er hatte doch ihre Briefe bekommen. Einer konnte vielleicht verloren gegangen sein, aber alle beide doch nicht.

Nun kam sie sich erst ausgestoßen und verlassen vor. Es war, als habe sich ein Tor vor ihr geschlossen, hinter das sie hätte flüchten wollen, wenn sie von neugierigen Blicken genötigt wurde zu erröten.

Ja, es kam nun schon mitunter vor, dass sie errötete, wenn fremde Blicke ihre Gestalt abtasteten. Aber bisher hatte sie denen erhobenen Hauptes getrotzt, weil sie meinte, keinen Grund zu haben, sich schämen zu müssen. Doch nun musste sie dies wohl tun, weil ihre erste große Liebe einem Unwürdigen verschenkt worden war.

Plötzlich weinte sie. Ganz still und mit unbewegtem Gesicht. Die Tränen fielen auf ihre verschlungenen Hände. Es war das erste Mal seit ihrer Mutter Tod.

Erst gegen Mittag ging sie wieder hinunter. Und da erschraken die Holsters, so sehr hatte sich in den paar Stunden ihr Gesicht verändert. Es standen zwei scharfe, fremde Linien darin, und ihre Augen waren so müde, dass der Holster seiner Frau einen Blick zuwarf und die Stube verließ. Die Frau verstand ihn auch und wollte Julia in Güte zureden.

Julia hörte sich alles schweigend an. Aber dann schüttelte sie den Kopf.

»Ich dank dir für den guten Wille, Kusine, aber mir kann niemand helfen. Das muss ich ganz mit mir allein ausmachen. Oder weißt du, was das heißt, wenn man von einem Menschen, dem man blind vertraut hat, enttäuscht wird?«

Der Holsterin Leben war in dieser Hinsicht ohne Schwierigkeiten abgelaufen. Sie kannte die Nöte des Tages, aber nicht die des Herzens. Und darum gab sie es auf, weiter auf das Mädchen einzureden.

Und so vergingen die Tage. Der Sommer ging seinem Ende zu. Dem Herbst war nur eine kurze Spanne Zeit gegönnt, dann fiel ein früher Winter ins Navistal.

– 8 –

Im Nebenzimmer des Gasthauses »Zum Rössl« in Flurs hatte sich der Skiclub versammelt. Am Sonntag sollte der große Wettkampf sein, zu dem schon seit langem Skivereine aus nah und fern ihr Erscheinen zugesagt hatten. Das Gelände um Flurs war besonders geeignet, Skiwettläufe im großen Rahmen durchzuführen. Schon öfters hatten internationale Rennen stattgefunden, und auch für den Sonntag waren Skiläufer aus Norwegen zu erwarten.

Die Flurser waren gut trainiert und schnitten unter ihrem Mannschaftsführer, dem Krainer Sepp, jedes Jahr hervorragend ab. Im Riesentorlauf konnten sie bisher nicht recht mithalten und hatten im Vorjahr die Gaumeisterschaft darin verloren. Heuer wollten sie nun alles daransetzen, sie zu gewinnen, und es bestanden auch gute Aussichten dazu, denn die Norweger und Schweizer beteiligten sich außer Konkurrenz.

Es hätte also eine fröhliche Stimmung in dem Nebenzimmer herrschen können. Aber sonderbarerweise waren alle ein wenig gedrückt und mutlos. Ihr bester Mann, der Krainer Sepp, hatte sich vor ein paar Tagen den rechten Oberschenkel gebrochen und lag im Spital. Die Aussichten auf einen Sieg hatten sich damit sehr verschlechtert.

Jetzt verschaffte sich der Leiter des Skiclubs, der Henleitner Ferdl, Ruhe und eröffnete die Versammlung.

»Ihr wisst, warum ich euch noch mal zusammengerufen habe«, begann er. »Die Aussichten auf einen Sieg sind mit dem Ausscheiden Krainers nur mehr ganz gering. Wir können uns höchstens noch im Abfahrtslauf durchsetzen, wenn die Mannschaft bis zum Sonntag noch ganz eisern trainiert. Im Riesentorlauf sind wir sowieso schon unten durch, weil der Krainer fehlt. Beim Slalom haben wir überhaupt keine Aussichten, es sei denn, dass sich wider Erwarten einer von euch zu ganz großer Form aufläuft.

Was meinst zum Beispiel du, Eggler? Du hattest doch sonst immer ganz gute Zeiten.«

Der Angesprochene machte eine abwehrende Handbewegung. »Ich habe heuer noch keine zwei Durchgänge ohne Ausfall geschafft.«

»Und du, Pröbstl? Traust du dir auch nicht mehr zu?«

Auch der schüttelte den Kopf. »Im Slalom haben wir keine Chance.«

»Der Krainer Sepp geht uns einfach ab«, sagte ein anderer. Der Hehenleitner war ganz verzweifelt.

»Ist denn wirklich keiner da, der den Krainer ersetzen könnte?«, meinte er, obwohl er selber wusste, dass sich im ganzen Skiclub keiner mit dem Sepp messen konnte.

Da sagte der Hülsen Kaspar von seiner Ecke heraus:

»Ich wüsste schon einen, der genausogut wäre wie der Krainer, wenn nicht besser.«

Alle waren gespannt. Aber der Hülsen Kaspar war einer, der seine Meinung nicht gleich preisgab. Erst auf das erwartungsvolle Drängen der Kameraden hin nannte er den Namen.

»Der Brunner Maximilian.«

»Ach geh, was willst denn mit dem! Erstens gehört der nicht zu unserem Club, und zweitens glaub ich nicht, dass er viel kann.«

»Nun, das wird sich ja feststellen lassen.«

»Nein, mein Lieber«, sagte der Ferdl mit erhobener Stimme. »Wir haben nicht mehr die Zeit dazu, Experimente anzustellen. Wir brauchen am Sonntag Kerle, von denen wir wissen, dass sie wirklich etwas leisten.«

Lebhafte Zustimmung kam von allen Seiten. Nur wenige setzten sich nochmals für den Brunner Maximilian ein, und das waren die wirklichen Könner. Die anderen lehnten den Maximilian mehr deswegen ab, weil er eigentlich nie so recht zu ihnen gehört hatte, zumal er jenseits des Berges die Schule besucht hatte und obendrein noch in einer einfachen Jagdhütte wohnte.

Aber da die Frage nun einmal aufgeworfen war, ließ sie sich nicht mehr so leicht beiseite legen, und es kam schließlich der Beschluss zustande, den Maximilian wenigstens einmal zu fragen. Der Hehenleitner wollte selbst hinauf zur Hütte, um sich zu überzeugen, was dieser Brunner eigentlich könne.

So kamen am folgenden Morgen zu Maximilians größter Verwunderung einige Burschen zu ihm, fragten zuerst dies und das, und als er sich endlich auskannte, was sie wollten, nahm er seine Ski aus dem Schuppen und sagte, dass er nun sehen wolle, wer von ihnen zuerst drunten in Flurs ankomme.

Nach wenigen Minuten hatte Maximilian schon alle abgehängt. Wie ein Pfeil schoss er den Hang hinunter, schwang in perfekter Haltung einen Bogen und stand schon drunten am Dorfeingang, noch ehe die anderen die letzten Hügel herabkamen.

Es ließ sich nun wirklich mit dem besten Willen nicht mehr ableugnen, dass der Bursche etwas konnte. Der Ferdl fragte ihn, weshalb er denn nicht schon längst dem Skiclub beigetreten sei.

Maximilian verzog den Mund ein wenig.

»Ich wollte schon einmal, aber ihr wolltet mich nicht haben.«

»Tja, tja – natürlich – das war nicht richtig. Aber hör einmal zu, Brunner: Am Sonntag, nicht wahr, da steht sehr viel für uns auf dem Spiel. Der Krainer Sepp liegt im Spital, wir haben keinen Mannschaftsführer. Willst du nicht die Sache in die Hand nehmen?«

Maximilian dachte nach.

»Heute ist Mittwoch. Hätten wir also noch drei Tage Zeit. Gut, wir wollen gleich heute noch trainieren. Geht das?«

Nun ging auf einmal alles. Aber Maximilian musste sich erst durchsetzen. Für den Abfahrtslauf waren vorgesehen: der Eggler Christoph, der Heimerer Hans, der Pröbstl Karl, der Steiner Andreas, der Hülsen Kaspar und der Stiegler Jakob.

Dem Stiegler Jakob sagte Maximilian gleich nach der ersten Viertelstunde: »So geht das nicht, Jakob. Wenn wir gewinnen wollen, dann muss alles wie aus einem Guss sein. Es können nicht bloß ein paar laufen, und die anderen gehn spazieren.«

Das war zuviel. Der Stiegler wollte sich das nicht gefallen lassen, und Steiner schloss sich ihm an. Sie waren angesehene Bauernsöhne, es konnte niemand von ihnen verlangen, dass sie sich von einem Brunner Maximilian belehren ließen. Sie erklärten, heimfahren zu wollen.

Maximilian biss die Zähne aufeinander. Wohl spürte er den Widerstand, der ihm überall entgegengestellt wurde. Ein wehes Lächeln zuckte um seinen Mund. Seine Fäuste klammerten sich um die Skistecken, dass die Knöchel weiß hervortraten. Dann warf er plötzlich den Kopf zurück und sah die anderen scharf an.

»Wollt ihr auch gehn? Bitte, ich kann keinen halten.«

»Eine Schufterei ist das!«, rief der Hülsen Kaspar. »Uns einfach im Stich lassen!«

»Zu fünft sind wir noch«, sagte Maximilian. »Wir können den Mannschafts-Abfahrtslauf auch zu fünft bewältigen, wenn wir zusammenhalten. Aber dann müsst ihr durch dick und dünn gehn mit mir. Ihr lauft nicht schlecht, aber da sind noch Kleinigkeiten, die ausgemerzt werden müssen, weil das für den Sieg von ungeheuerem Vorteil ist. Aber ihr müsst jetzt gleich sagen, ob ihr wollt oder nicht.«

Hoch droben auf dem Kar standen sie, die fünf Burschen. Es war eine endlose Minute des Schweigens. Maximilian wusste, dass von den vieren jetzt alles abhing, aber er wollte nicht um sie betteln.

Da streckte ihm als erster der Eggler Christoph die Hand hin, und dann schlugen die anderen drei ein.

Wir wollen zusammenhalten, sagte dieser stumme Händedruck.

Ein frohes Leuchten kam in Maximilians Augen. Vier Burschen schenkten ihm ihr Vertrauen. Das war unermesslich viel in dieser Stunde. Aber er ließ sie über sein Vorhaben nicht im Unklaren.

»Gut«, sagte er. »Ich danke euch. Aber hört einmal her, was wir noch alles vor uns haben: Ihr müsst noch geschmeidiger werden. Die Bewegungen müssen besser ineinanderfließen. Keiner darf eine Müdigkeit in sich aufkommen lassen. Nur wenn ein jeder das Letzte aus sich herausholt, haben wir Aussicht auf den Sieg. Morgen wollen wir uns noch im Riesentorlauf üben, und am Freitag im Slalom. Am Samstag heißt es ruhen, und am Sonntag gilt es dann. In den nächsten zwei Tagen hat also keiner etwas zu lachen.«

Das merkten die vier noch am gleichen Tage. Dieser Brunner Maximilian musste Muskeln aus Stahl haben und einen unbeugsamen Willen. Er erklärte immer wieder bis ins Kleinste die einwandfreie Beherrschung der Bretter in jedem Gelände, wies sie mit sicherem Blick hin auf die Schneeverhältnisse, die auf der Strecke oftmals wechselten, verstand es, die geringste Schwäche jedes Einzelnen aufzuspüren und brachte sie somit alle in Bestform.

Für den ersten Tag war der Maximilian zufrieden; seine Mutter hatte ihn schon lange nicht mehr so froher Laune gesehen. Selbst an Julia hatte er heute kaum noch gedacht.

Ach, Julia, die hatte ihn ja doch vergessen, war einfach aus seinem Leben gegangen, als hätte es nie eine Liebe zwischen ihnen gegeben.

Jetzt aber war nicht die Zeit, daran zu denken! Jetzt

galt es, für ein anderes Ziel die Gedanken beisammenzuhalten. In der Liebe war er gescheitert. Beim Sport sollte ihm das nicht ein zweites Mal passieren.

– 9 –

Es schneite noch in der vorletzten Nacht. Aber am Sonntagmorgen strahlte die Sonne, und es herrschten prächtige Schneeverhältnisse.

In den ersten Morgenstunden herrschte in Flurs schon ein Gedränge, dass der kleine Marktplatz erfüllt war von Stimmengewirr.

Der Hehenleitner Ferdl rannte hin und her und war aufgeregt wie ein Hütebub, dem ein Kalb durchgebrannt war. Immer wieder trat er zu Maximilian, gab ihm Ratschläge und Ermahnungen und seufzte dazwischen, weil der Stiegler und der Steiner nicht mitmachten. Am liebsten hätte er ja diesen Brunner nicht starten lassen. Aber da waren die anderen vier, die ihm standhaft erklärten, dass sie dann ebenfalls die Bretter abschnallen würden.

Maximilian stand ruhig mit seinen Männern in der Ecke bei der Kegelbahn und ließ keinen Blick von der prachtvollen Gestalt des Norwegers Knut Sörensen, den er gestern im Slalom beobachtet hatte. Mit dem sollte er sich heute messen, und er war sich darüber klar, was das hieß. Neben Sörensen stand eine zierliche, blonde Frau im dunkelblauen Sportdress, ein hübsches Mädchen mit hellen Augen und einem Mund, der immerzu lachen konnte.

Die Mannschaften richteten sich zum Start. Maximilian sah seine Gruppe an, klopfte dem kleinen Hülsen lachend auf die Schulter und flüsterte ihm zu:

»Nur nicht nervös werden, Kaspar! Es wird schon

gehn! Tempo erst richtig im flachen Teil zugeben, im Steilhang mit Köpfchen dosieren.«

Sie nickten ihm zu und waren voller Vertrauen.

Als sie langsam zum Startplatz hinauffuhren, stand der Stöger neben dem Weg. Ein leises Wundern kam in seine Augen, als er den Maximilian erkannte. Sein Mund stand vor Staunen halb offen, als wollte er etwas sagen. Aber er dachte sich nur: Jetzt, da schau her, der ist auch dabei! Maximilian sah über ihn hinweg, als ob er Luft wäre.

Dann standen sie am Start. Der Stiegler und der Steiner waren auch dort. Natürlich ohne Bretter, die Hände in den Hosentaschen, musterten sie ein wenig herausfordernd ihre Clubkameraden.

Hell schien die Sonne über dem Bergwald. Der Schnee glitzerte wie Kristall, und die Berggipfel sahen mit ihren Schneekappen aus wie riesenhafte Ungetüme aus grauer Zeit.

Der Reihe nach wurden sie abgelassen, es war ein harter Kampf um die Bestzeiten.

Die Zuschauer im Ziel trauten ihren Augen kaum, die Flurser Mannschaft konnte sich sehen lassen.

Der Stiegler und der Steiner zogen das Genick ein und trollten sich davon. Das mochte der Teufel verstehen, wie das zugegangen war. Jedenfalls war nicht mehr daran zu zweifeln, dass der Skiclub Flurs beim Riesentorlauf in der Mannschaftswertung als Sieger hervorgegangen war.

Der Hehenleitner versicherte allen auf Ehr und Seligkeit, dass er nie gezweifelt habe. Der Brunner? O ja, das sei eine Kanone! Er habe das immer schon gewusst, habe aber erst heute damit überraschen wollen.

Maximilian Brunner aber stand wieder abseits. Er lebte die Freude über diesen Sieg für sich allein. Er freute sich auch viel mehr für die Gefährten als für sich.

Da sagte eine Stimme neben ihm: »Sie laufen da einen fabelhaften Stil.«

Maximilian schaute auf.

Vor ihm stand der lange Norweger Sörensen, und neben ihm wieder das hübsche Mädchen.

»Ah«, meinte Maximilian, »Sie sind doch der Herr, der gestern auf der Abfahrt fleißig trainiert hat.«

Sörensen bestätigte es und nannte seinen Namen. Auch seine Begleiterin stellte er vor.

Mary Petersen hieß sie. Sie war ebenfalls Norwegerin und mit Sörensen schon seit ein paar Jahren bekannt.

Maximilian drückte ein paar Hände, hatte jedoch die Namen im nächsten Augenblick schon wieder vergessen.

»Ich heiße Maximilian Brunner.«

»Ich weiß«, lächelte Sörensen, der ein tadelloses Deutsch sprach, wie Mary Petersen auch. »Ich habe mich danach erkundigt, als ich Sie laufen sah. Warum hörte man bisher von Ihnen nichts?«

Maximilian zuckte die Schultern. »Ich weiß es selber nicht. Man hat mich ja eigentlich nie gebraucht, und ich bin nur eingesprungen für den Krainer Sepp.«

»Na, jedenfalls hoffe ich, dass wir uns in Zukunft öfter begegnen. Kommen Sie doch einmal zu uns. Wir trainieren zur Zeit für die internationalen Meisterschaften, die im nächsten Monat in Davos stattfinden. Nächste Woche wollen wir ins Stubaital.«

»Ja, kommen Sie mit«, bat nun auch Mary Petersen und lachte zu dem Riesen auf.

Maximilian hätte wohl Lust gehabt, aber konnte doch dem wildfremden Menschen nicht sagen, dass ihm dazu das Geld mangelte. Da sprach Sörensen schon weiter.

»Ich werde mit Ihrem Clubleiter sprechen. Der Mann muss doch Verständnis haben für die sportliche Sache. Machen Sie im Slalom auch mit?«

Maximilian nickte. »Da kann ich nicht mit Ihnen konkurrieren. Ich hab Sie gestern schon gesehen.«

Sörensen legte den Kopf zurück und schaute zur Abfahrt hinauf.

»Nur nicht so bescheiden sein«, sagte er. »Wir sprechen uns vielleicht heute abend noch.«

Nun traten die Läufer allmählich zum Slalom an. Maximilian wusste genau, welch starke auswärtige Konkurrenten er im Slalom hatte. Da war vor allem der fabelhafte Kellermann aus Wörgl, dann ein paar aus Innsbruck, die schon international gekämpft hatten, und andere Sportler, deren Namen seit Jahren mit Bewunderung genannt wurden.

Aber er war zuversichtlich, hatte er doch den Vorteil, die ausgesteckte Steilstrecke besser zu kennen als die anderen.

Scharf beobachtete er den Wörgler, der sich wie ein Wiesel vom Start schnellte. Sicher und unglaublich schnell bewältigte er die Strecke, sprang und hüpfte von einem Tor in das andere hinein, wäre aber einmal um ein Haar gestürzt und büßte dadurch für den ersten Lauf kostbare Zeit ein.

Als sechster kam Maximilian an die Reihe. Er fuhr aufrecht, schlängelte sich in ruhiger Sicherheit aus einem Tor ins nächste. Mit genauester Berechnung schätzte er die Geschwindigkeit ab, um jedes Tor sicher zu nehmen. Mit unglaublich geschmeidigen Bewegungen führte er den ersten Lauf zu Ende. Der kleine Hülsen fuhr zwar eine bessere Zeit als Maximilian, aber dieser wusste nun, welche Fehler es im nächsten Lauf zu vermeiden galt.

Als der letzte Läufer den zweiten Durchgang bewältigt hatte, rechnete man bereits, dass auch hier der Sieger nicht anders als Brunner heißen konnte.

Aber bei der Abfahrt musste er zurückstehen. Wohl fegte er wie der Teufel die Strecke hinunter, berechnete auch die Sprünge richtig, jedoch im Flachstück büßte er wertvolle Zeit ein.

In der Abfahrt war er nur sechs Zehntel hinter Sörensen und knappe vier hinter dem Innsbrucker Pregler zurückgeblieben. Das musste bei dem guten Slalomergebnis auch für den Sieg in der Kombination reichen!

Nun ging das Fest seinem Ende zu. Im Gasthaus »Zum Rössl« sollte die Preisverteilung sein mit anschließendem Tanz. Als aber bei der Preisverteilung zweimal der Name Maximilians ausgerufen wurde, war er nirgends zu entdecken.

Von allen unbemerkt war er davongefahren, hinauf zu seiner Mutter. Nur ihr allein konnte er sagen, wie sehr er sich über seine Siege freute. Sonst hätte er es niemandem zeigen können. Sollten nur die vier Kameraden die Helden des Tages sein. Sie hatten es ebenso redlich verdient wie er.

In all die erlebte Freude und die stolze Genugtuung mischte sich jetzt am Abend wieder jenes schwere drükkende Gefühl, das seinem jungen Gesicht einen ungemein harten Ausdruck gab. Die Sehnsucht nach Julia war wieder da.

– 10 –

Es hatte soviel Schnee hergeworfen, dass die Arbeit im Wald unterbrochen werden musste. Deshalb stand Maximilian am nächsten Vormittag in dem kleinen Schuppen und hackte Balken zurecht, die er für den Dachstuhl geeignet fand. Im Frühjahr wollte er das ganze Häusel umkrempeln, dabei gleich ein richtiges Obergeschoss daraufbauen und hinten einen Stall, der vielleicht für eine Kuh reichen könnte. Der Oberförster hatte versprochen, ihm ein paar Tagwerk Grund vom Forstamt in Pacht zu geben. Oh, er wollte sich allmählich in die Höhe arbeiten.

Plötzlich verdunkelte sich die Tür; Maximilian drehte den Kopf. Sörensen stand dort.

»Das ist ja verdammt weit bis zu Ihnen«, lachte er und schnallte sich die Ski ab.

Maximilian kam näher und fragte: »Was führt Sie denn zu mir?«

»Na, weil Sie gestern so spurlos verschwunden sind. Gar keine Lust gehabt, den Sieg zu feiern?«

»Nein.«

Sörensen lehnte die Ski an die Mauer und die Stecken daneben.

»Ich hätte sehr gerne einmal mit Ihnen gesprochen, Brunner.«

»Worüber?«

Überrascht sah Sörensen auf. Dieser Bursche ist ein Sonderling, dachte er. Es ist ihm schwer beizukommen.

»Über verschiedenes, lieber Brunner. Wissen Sie, dass Sie heute in Flurs drunten in aller Leute Mund sind?«

»So? Wegen gestern wahrscheinlich. Ich kann es mir denken. Aber ich will Ihnen was sagen, Herr – Herr –«

»Sörensen«, half ihm der Norweger aus.

»Ist schwer zu behalten, der Name«, lachte Maximilian. »Also, ich will Ihnen sagen, Herr Sörensen: Ich bin noch nicht zufrieden mit mir.«

»Weiß schon, weiß schon«, meinte der. »Wegen den Sprüngen, nicht wahr? Ein Läufer wie Sie müsste aber wissen, dass durch eifriges Training alles hereinzuholen ist.«

»Sie können sich darauf verlassen, Herr Sörensen, dass ich solange trainiere, bis es klappt.«

»Und dann wollen Sie gegen mich antreten?«

»Ja, das will ich«, sagte Maximilian einfach.

»Das freut mich, Brunner. Wirklich, das freut mich. Aber – ich bin nicht gekommen, um das von Ihnen zu hören. Ich habe gestern schon gewusst, dass wir beide noch scharfe Konkurrenten werden. Ich wollte einmal in aller Ruhe mit Ihnen sprechen. Vielleicht haben Sie eine halbe Stunde Zeit?«

»Gehn wir in die Stube«, sagte Maximilian. »Dort ist es warm.«

In der Stube saß Maximilians Mutter hinter dem Ofen. Sie hatte den Kopf an die Wand gelehnt und die Augen geschlossen. Als sie aber die Schritte vor der Tür hörte, richtete sie sich auf. Sie wollte sich nicht anmerken lassen, dass sie sich seit ein paar Tagen schlecht fühlte.

Sörensen musste sich tief bücken, als er in die Stube trat, sonst wäre er am Türstock angestoßen. Dann saßen sie sich an dem runden Tisch gegenüber, nachdem Sörensen der Josefa ein paar anerkennende Worte über ihren Sohn gesagt hatte.

Klar und sachlich entwickelte Sörensen seinen Plan. Er schlug vor, der Maximilian solle hier in Flurs einen Skikurs veranstalten. Er möge es ruhig ihm überlassen, die nötige Anzahl Schüler und Schülerinnen beizubringen. Nach seiner Auffassung sei Maximilian der geeignete Mann, eine solche Sache in die Hand zu nehmen und durchzuführen. Das Gelände hier sei dafür wie geschaffen. Mit dem Bürgermeister habe er schon gesprochen.

Hier unterbrach Maximilian ihn das erste Mal. »Und was hat er gesagt?«

»Na, das müsste ein schlechter Bürgermeister sein, Brunner, wenn er den Vorteil nicht erkennen würde, den Flurs dadurch hat!«

»Haben Sie ihm auch gesagt, dass Sie mich für die Sache im Auge haben?«

»Aber natürlich. Er meinte zwar, er verstehe nicht allzu viel von den Dingen, aber nach den gestrigen Ergebnissen sei nicht zu zweifeln, dass der Brunner, also Sie, etwas kann.«

Maximilian hörte wieder ruhig zu, und als Sörensen geendet hatte und ihn um seine Meinung fragte, schaute er in zum Ofenwinkel.

»Was meinst du, Mutter?«

»Ja, Bub, ich denke, wenn du so viel Freude an der Sache hast – und wenn doch der Herr meint, dass du dich dafür eignest, dann solltest du es schon tun.«

»Gut, das genügt mir.«

Maximilian nahm seine Jacke vom Haken, schlang sich einen Schal um den Hals und griff nach seiner Mütze.

»Dann wollen wir die Sache gleich richtig machen, Herr Sörensen. Wenn Sie nichts dagegen haben, fahr ich sofort mit Ihnen runter.«

Zu der Unterredung drunten im Dorf im Hinterstübchen des Bürgermeisters wurde auch der Hehenleitner Ferdl beigezogen. Es gab eigentlich gar nicht viel zu bereden. Die Schüler wollte Sörensen herbringen, der Übungshügel gehörte der Gemeinde und der Skilift auch. Der Bürgermeister, weil er das Wohl des Ortes im Auge hatte, wollte für die Benützung der Liftanlage und Abfahrten etwas haben, denn sie musste ja auch instand gehalten werden. Man einigte sich schließlich auf eine Summe, die zur Hälfte der Skiclub tragen sollte, der andere Teil sollte auf die Schüler und Schülerinnen umgelegt werden.

Maximilian wollte gleich heim, aber Sörensen fasste ihn unter den Arm.

»So eilig haben Sie es doch nicht, mein Lieber. Kommen Sie, wir trinken einen Grog, und dabei wollen wir noch alle Kleinigkeiten besprechen.«

Im Nebenzimmer des Rösslwirts saßen eine Anzahl Wintersportler, die als Kurgäste zum Teil schon seit einer Woche hier waren.

Sörensen raunte Maximilian zu: »Wetten, dass Sie unter denen schon eine ganze Anzahl Schüler für sich buchen könnten?«

Dann steuerte er auf das breite Ledersofa neben dem Ofen zu, und Maximilian sah – er erinnerte sich später oft noch daran – Mary Petersen im schneeweißen Wollpullover in der Ecke sitzen.

»Sie kennen sich ja bereits«, sagte Sörensen und zog sich einen Stuhl heran.

Mary Petersen reichte Maximilian die Hand. »Das war aber nicht schön von Ihnen, dass Sie gestern so schnell davon sind! Machen Sie das immer so?«

Maximilian sah sie ruhig an. »Immer? Ich bin eigentlich fast nie unter Menschen.«

»Schade, ich hätte so gern mit Ihnen tanzen mögen gestern.«

»Kann ich gar nicht.«

Fräulein Petersen schaute ihn erstaunt an. »Das glaub ich nicht.«

Maximilian lächelte. »Ist denn das so schlimm, wenn man nicht tanzen kann?«

»Das nicht, nein, aber ich dachte, das müssten alle Männer können. Übrigens, Sörensen, wie ist der Plan mit der Skischule ausgegangen?«

»Geht in Ordnung, Mary. Herr Brunner nimmt den Posten an.«

Mary Petersen lachte. Schneeweiß blitzten ihre Zähne hinter den leicht geschwungenen Lippen.

»Und darf ich mich dann gleich als erste Schülerin anmelden, Herr Brunner? Ich kann nämlich auch noch nicht sehr viel.«

»Das glaube ich nicht«, sagte Maximilian.

»Ist denn das so schlimm, wenn man nicht ordentlich Ski laufen kann?«

»Nein, nein, aber ich dachte, das müssten alle Frauen können.«

»Oh, das war treffend zurückgegeben«, lachte Mary Petersen. »Aber es ist wirklich so. Sörensen kann es bezeugen. Ich laufe wohl Ski, aber über die Anfangsgrundlagen bin ich noch nicht hinausgekommen. Eine Schande, nicht wahr? Ich studiere in Innsbruck schon seit zwei Jahren, aber richtig Ski laufen habe ich noch nicht gelernt.«

»Na, nun haben Sie ja hier Gelegenheit«, unterbrach Sörensen ihr Geplauder und wandte sich wieder Maximilian zu. Sie besprachen noch Verschiedenes wegen der Schüler, und eine halbe Stunde später machte Maximilian sich auf den Heimweg. Sörensen begleitet ihn bis vor die Tür hinaus.

»Eines möchte ich noch gerne wissen, Herr Sörensen«, sagte Maximilian.

»Und das wäre?«

»Warum Sie sich meiner so annehmen. Wir haben uns doch nie gesehen.«

»Sehr einfach, Brunner. Ich habe mich gestern überzeugt, dass Sie was können. Ich habe dann auch im Laufe des Abends mit leichter Mühe herausbekommen, dass man Sie bisher ein wenig stiefmütterlich behandelt hat. Dann kam mir der Gedanke mit der Schule, und ich dachte gleich an Sie. Das Geschäft wird Ihnen sicherlich große Freude machen. Es trägt auch etwas ein, verlassen Sie sich darauf. Und nun überlegen Sie sich noch ganz gründlich, wie Sie den Kurs aufbauen wollen. Davon hängt sehr viel ab. Ich bin überzeugt, wenn Sie es richtig anfassen, dann laufen Ihnen die Schüler nach. In das Stubaier Tal können Sie ja nun nicht mehr mitkommen. Sie haben hier zu tun. Aber ich werde vielleicht nächste Woche wieder hier sein. Bis dahin leben Sie wohl.«

Nach einem kurzen, festen Händedruck trennten sich ihre Wege.

Als Maximilian heimkam und in die Stube trat, um seiner Mutter freudestrahlend von dem Ergebnis zu berichten, fiel ihm zum ersten Mal der müde Glanz in ihren Augen auf. Er nahm sie bei den Schultern und drehte sie gegen das Licht.

»Bist du krank, Mutter? Du siehst so aus!«

Tapfer versuchte sie zu lächeln. »Nein, Maximilian, es ist nichts Schlimmes.«

Wahrhaftig, sie verschwieg ihm, wie krank sie war. Das Herz wollte nicht mehr recht. Es waren zuviel Sorgen und zuviel Gram in ihrem Leben gewesen, als dass sie nicht gefühlt hätte, dass jetzt ein jeder Tag ein Schritt näher zum Grab war.

»Mit fast siebzig springt niemand mehr über Gräben«, fügte sie nach einer Weile hinzu.

»Das nicht, Mutter, aber du könntest dich wohl auch ein wenig schonen. Es wird ja jetzt alles ganz anders werden.«

Er erzählte ihr ausführlich, was heute im Dorf zustande gekommen war. Es war schon spät, als er seine kleine Kammer aufsuchte.

Aber merkwürdig, heute fand er einfach keinen Schlaf. Draußen schien der Vollmond und erhellte den tiefverschneiten Wald. Es war so hell in Maximilians Kammer, dass er hätte lesen können.

Plötzlich richtete er sich im Bett auf. Ein Gedanke war ihm angeflogen, der alle schön gefassten Pläne über den Haufen warf.

Dass ihm dies jetzt erst einfiel! Dass ihn niemand daran erinnert hatte! Wenn er Skilehrer wurde, dann schied er damit für alle Wettkämpfe aus, durfte sich als Amateur nirgends mehr beteiligen. Und er wollte doch noch Siege erringen, wollte erst noch ein fertiger Meister in allen Klassen werden.

Das gab ihm lange zu denken. Es tat ihm ja leid, dass er nun diesen Beruf vorerst nicht ergreifen konnte. Aber er wollte einen anderen dafür vorschlagen. Den kleinen Hülsen vielleicht. Jedenfalls musste er morgen früh sofort Sörensen verständigen. Dass daran aber heute auch niemand gedacht hatte? Der Hehenleitner wenigstens hätte wissen müssen, dass es nach den internationalen Regeln nicht statthaft ist, sich als berufsmäßiger Skilehrer an Wettkämpfen zu beteiligen.

Darüber schlief er endlich ein. Langsam zog der Mond an dem kleinen Fenster vorüber und warf weißes Licht auf den Boden.

Es wäre ein lohnendes Geschäft gewesen, wenn Maximilian sich dazu hätte entschließen können. Für den ersten Kurs hatte Sörensen schon über vierzig Schüler herbeibringen können. Aber Maximilian hatte sich standhaft geweigert und den Hülsen Kaspar dafür hingeschoben.

Der ärgerte sich nun jeden Morgen und Nachmittag auf dem Hügel hinter der Ortschaft mit den Anfängern ab. Aber er hatte eine unendliche Geduld, viel mehr Geduld, als Maximilian aufzubringen vermocht hätte, denn als dieser beim Anfangstraining einmal zusah, konnte er sich nicht enthalten, der hübschen Mary Petersen zuzurufen:

»Hören Sie, Fräulein Petersen, das geht schon Sie auch an. Sie gucken aber immer in der Welt herum.«

Mary Petersen hatte ihn daraufhin sonderbar angeschaut. Der Blick ging ihm lange nicht aus dem Sinn. Es war überhaupt so, dass er sehr oft an sie denken musste, ob er wollte oder nicht. Ganz urplötzlich fiel sie ihm einfach ein. Und einmal ertappte er sich bei dem Gedanken, dass die Mary für den Sörensen eigentlich gar nicht das passende Mädel wäre. Er wusste nicht, ob die beiden ein Liebespaar waren. Er nahm es an, weil beide aus dem fernen Land da oben im hohen Norden stammten und zusammen die Universität in Innsbruck besuchten.

Nun, ihm konnte das ja auch gleich sein. Und doch kam es immer wieder vor, dass er in einsamen Stunden im

Geiste dieses Mädel vor sich sah, es neben die Julia stellte und mit ihr verglich.

An einem Samstagnachmittag übte der Maximilian für sich allein hoch droben am Kar. Zu Weihnachten sollte in Flurs um einen goldenen Pokal gekämpft werden. Bekannte Läufer aus nah und fern wollten sich daran beteiligen, auch Sörensen würde dabei sein.

Maximilian war klar: der Pokal durfte Flurs nicht verlassen! Er wusste, der ganze Club setzte alles Vertrauen in ihn. Er durfte nicht enttäuschen.

Es waren noch gute vierzehn Tage bis dorthin. Und die wollte er nützen, wollte die Abfahrt ganz genau kennenlernen und übte für sich allein rasante Abfahrtsläufe.

Wie schön und still war es hier heroben. Manchmal hörte er den dumpfen Aufschrei eines Tieres aus dem tiefverschneiten Wald, oder es schlug eine Schneewächte klatschend in die Tiefe.

Maximilian lehnte sich auf die übereinandergespreizten Skistecken und schaute in die gigantische weiße Pracht ringsumher. Hoch und stolz trugen die Bergriesen ihre weißen Kappen und stießen mit blitzender Schimmerlinie ab vom Blau des Himmels. Wie schön war diese Welt. So hatte die Julia gesprochen, als er sie zum erstenmal mit hier herauf genommen hatte. War das eine glückliche Zeit gewesen!

Nicht daran denken. Maximilian Brunner nahm die Stecken an sich und raste in Schussfahrt den Hang hinunter, stoppte rechts ab, schwang sich nach links und sah dann ein zappelndes Etwas, das sich gerade mühsam aus einer Schneewächte herausarbeitete. Maximilian fuhr darauf zu und musste hellauf lachen, als er Mary Petersen als wandelnden Schneemann erkannte.

Sie schüttelte sich, prustete, und dann musste auch sie lachen.

»Schön, dass ich Sie hier treffe. Wenn ich nur den

Stemmbogen einmal richtig zusammenbrächte! Dabei wirft es mich immer in den Schnee.«

Ein junges, sprühendes Menschenkind stand vor ihm. Als habe der Herrgott es für ihn dorthin gestellt, damit er es ja nicht aus den Augen verliere, sondern einfach in die Arme schließen konnte.

»Bitte, ein wenig abklopfen», sagte Mary Petersen und drehte ihm den Rücken zu. Er staubte ihr den Schnee vom Skianzug und hob ihr den verlorenen Skistecken auf.

»Geht es denn jetzt schon so gut, dass Sie bis hier heraufkommen?«, fragte er.

»O ja – wenn keine Hindernisse kommen, dann schon. Aber, es ist eigentümlich –« Sie wandte ihm das Gesicht zu und sah ihn an, wie zwei helle Sonnen leuchteten ihre Augen. »Es war mir so, als ob ich Sie hier treffen würde, Maximilian Brunner.«

Er kam nicht sogleich los von ihren Augen. Da war es wieder, jenes Seltsame, das ihn so oft an dieses fremde Mädchen denken ließ. Er hätte am liebsten das frische Gesicht in seine Hände genommen und herzhaft geküsst. Er hatte sogar das Gefühl, dass es deswegen bei ihr keine große Aufregung gegeben hätte. Aber da fiel ihm Sörensen ein, und er gab sich einen Ruck.

»Kommen Sie«, sagte er beinahe barsch. »Ich will Ihnen zeigen, wie man das macht. Sie stehen zu steif. Elastischer, geschmeidiger müssen Sie werden, die Stöße berechnen und abfangen. Ja, ja, kleines Fräulein, so leicht ist es gerade nicht. Bequemer ist es wohl, auf der Schulbank zu sitzen! Was lernen Sie denn eigentlich auf der Universität in Innsbruck?«

»Ich studiere Kunstgeschichte.«

Maximilian verstand nichts davon und hatte in dem Augenblick überhaupt nur das Bedürfnis, Mary Petersen zu ärgern. Während sie langsam nebeneinander der Höhe zustrebten, sagte er darum:

»Ich glaube, Herr Sörensen würde es einmal lieber sein, wenn Sie ihm ein richtiges Mittagessen kochen können. Mit Ihrer Kunstgeschichte können Sie im Haushalt nicht viel anfangen.«

Mary Petersen blieb stehen. Ihr Gesicht sah traurig aus.

»Warum sind Sie denn so böse mit mir? Ich habe Ihnen doch nichts zuleide getan. Und was meinen Sie mit Herrn Sörensen?«

»Ich meine – dass er Ihr –«

Maximilian sprach es nicht aus. Aber sie verstand ihn und schüttelte den Kopf.

»Ich bin mit Sörensen nur befreundet, weil wir Landsleute sind. Weiter nichts.«

Maximilians Brauen bewegten sich langsam und nachdenklich.

»So?«, sagte er dann. »Na ja, mir kann es ja gleich sein.«

Eine weiche Regung wollte in ihm aufkommen, aber er verdrängte sie gewaltsam. Gewiss, Mary Petersen war ein wunderschönes Mädel. Aber sicherlich auch nur eine von denen, die irgendein Abenteuer erleben wollten, um sich später darüber lustig zu machen. Und darum wollte er Abstand bewahren.

Da fragte das Mädchen: »Sie machen doch sicher mit zu Weihnachten, wenn es um den goldenen Pokal geht?«

»Natürlich werde ich das tun.«

»Sie werden ihn gewinnen, Maximilian Brunner.«

Er blieb stehen und sah sie an. »Möchten Sie es gerne?«

»Ja«, antwortete sie einfach und schlicht. »Aber es wird Ihnen nicht leicht gemacht werden. Sörensen trainiert wie noch nie. Sie werden eine schwere Konkurrenz haben.«

Maximilian lächelte. »Vielleicht schaffe ich es, wenn Sie mir beide Daumen halten. Das könnte mir Glück bringen.«

Da sagte das Mädchen treuherzig: »Ich möchte – dir so gerne Glück bringen ...«

Und dann geschah etwas, das Maximilian fast den Atem nahm. Mary Petersen drückte plötzlich ihren Kopf mit einer hastigen Bewegung an seine Schulter. Es war ihm nicht ganz klar, warum sie es tat. Vielleicht schämte sie sich, dass ihr das Wörtchen »du« entwischt war. Aber dann merkte Maximilian, dass sie weinte. Es schüttelte ihre Schultern, so überwältigend musste etwas über sie gekommen sein.

Maximilian bog ihr das Köpfchen zurück.

»Musst nicht weinen, Mädel. Komm, wir wollen noch weiter hinauf zur Höhe.« Er nahm sie bei der Hand, wie ein kleines Kind, das sich verlaufen hatte und das er nun heimführen musste.

Aber droben auf der Höhe, als der Wind scharf um ihre Gesichter strich und sie ganz mutterseelenallein standen im Angesicht der riesenhaften Berge, da nahm Maximilian Brunner das blonde Mädchen aus Norwegen in die Arme und küsste es.

Es war kein Glück, das schwer auf ihn hereingestürzt wäre, wie damals in jener Sommernacht, als er Julia zum ersten Mal in die Arme nahm. Aber es war doch ein befreiendes Gefühl, das alle Schatten aus einem Herzen verdrängte, das die dunkle Vergangenheit mit ihrer grausamen Enttäuschung überbrückte und ihn in eine Wärme schob, in der er sich seltsam wohl geborgen fühlte. Aus diesem Gefühl heraus strich er Mary über das blonde Haar und ließ dann den Arm in ihrem Nacken ruhen.

»Gleich hab ich mir's gedacht«, sagte er, »dass einmal etwas sein würde mit uns beiden.«

»Du auch?«, fragte sie, und als er sie verwundert ansah, erzählte sie ihm, wie es ihr ergangen war, seit sie ihn das erste Mal gesehen hatte. Freilich verschwieg sie ihm, wie oft sie nicht mehr aus und ein gewusst hatte in der fremden Not ihres Herzens, denn sie hatte vorher noch nie einen Mann geliebt. Erst als sie Maximilian Brunner sah, geschah eine Wandlung mit ihr. Ganz unbewusst hatte er sie als schicksalhafter Gefährte gegrüßt, von dem sie immer geglaubt hatte, dass er einmal kommen müsste. Und sie war untröstlich gewesen über seine ablehnende, kalte Haltung. Sie zog sich immer mehr von den anderen zurück, war am liebsten allein, und dabei war sie ihm heute auf der Abfahrt begegnet.

Erst als die Lichter im Tal aufschimmerten, dachten sie an die Talfahrt. Vor dem Dorf verabschiedeten sie sich. Der Zufall wollte, dass der Stögerbauer mit seinem Wagen daherkam. Maximilian sah ihn schon, als er um die Ecke bog, und es war wohl ein schnell auffliegender Trotz, dass er seinen Arm fester um das Mädchen legte. Der Breitenbacher sollte es ruhig sehen. Und der sah es auch und pfiff sich daraufhin eins vor sich hin.

Als Maximilian an diesem Abend, beschwingt und durchströmt von dem neuen Glück, nach Hause kam, fand er seine Mutter im Bett liegend.

Ja, nun hatte Josefa Brunner mit ihrem schwachen Körper dem Fieber nicht mehr standhalten können. Es hatte sie niedergezwungen; es kam ihr schwer genug an, so krank und schwach dazuliegen vor dem großen Sohn, den sie doch nicht allein lassen konnte. Sie wusste ja nicht, wer ihn fortan durch das Leben begleiten sollte, nachdem seine erste Liebe mit einer Enttäuschung geendet hatte.

Josefa Brunner war klug genug, sich einzugestehen, dass es kein Feilschen mehr gäbe mit dem lieben Gott. Sie bereitete sich ergeben vor zur Fahrt in jenes Land, aus dem es keine Wiederkehr mehr gibt.

Maximilian jedoch erschrak sehr, als er die Mutter so vorfand. Diesen Schreck konnte auch ihr Lächeln nicht verscheuchen. Maximilian machte sich den Vorwurf, dass es besser gewesen wäre, wenn er seine Stunden hier verbracht hätte als mit einem Mädchen, das noch viel weniger zu ihm passte als Julia. Er wusste, dass Mary Petersen die einzige Tochter eines reichen Kaufherrn war, der jeden Sommer auf ein paar Monate nach Tirol kam und sich mit seiner Tochter traf. Diese neue Liebe trug schon vom Anbeginn den Keim des Verzichtenmüssens in sich. Er hatte begriffen, dass zwei liebende Menschen nicht allein über sich zu entscheiden hatten, sondern dass die besonderen Umstände das zerschlagen konnten, was auch immer zart im Herzen blühen mochte.

Seine Liebe war zum zweiten Mal über einen Zaun geflogen, hinter dem es für ihn nichts zu suchen gab, wo nur Enttäuschung bereitstand und Leid.

Seine Mutter musste fühlen, dass irgend etwas Neues in sein Leben getreten war, denn sie sagte:

»Du hast so helle Augen, mein Sohn, als sei dir heute ein lieber Mensch begegnet.«

Maximilian fand es im Augenblick nicht für richtig, auf diese Frage einzugehen. Die Sorge hatte das kleine Glück vom Nachmittag schon überschattet.

»Du hast mir nie etwas gesagt, Mutter, wie krank du bist. Nun hat es dich niedergeworfen. Ich werde einen Arzt holen.«

»Ach, wozu denn, Bub? Wenn meine Kräuter und Wurzeln mir nicht helfen, dann kann es der Arzt auch nicht. Es ist ja auch gar nicht so schlimm. Dort oben in der Ecke ist Wehkraut. Tu etwas Rauten dazu und ein paar Wurzeln vom gelben Enzian. Das koch mir, und in ein paar Tagen ist alles wieder gut.«

Und so braute Maximilian Wehkraut, Raute und die Wurzel des gelben Enzians zusammen, und er sah, wie es der Mutter daraufhin den Schweiß aus allen Poren trieb. Er hüllte sie in frische Laken und fand ein wenig Trost in dem fröhlichen Lächeln, mit dem sie ihm für seine Pflege dankte.

Dann saß er bei ihr, die halbe Nacht, hielt ihre Hand in

der seinen und erzählte ihr von Mary Petersen, die ihm beim Skifahren begegnet war.

Am nächsten Tag wollte er nicht von ihr weichen. Aber sie selbst drängte ihn, dass er üben solle, denn es sei für eine Mutter wohl ein Grund, stolz zu sein, wenn der Sohn den goldenen Pokal gewinne.

So war Maximilian die folgenden Tage fast immer auf der Abfahrt, und Mary war bei ihm und verfolgte mit der Stoppuhr eifrig seine Laufzeiten. Oder sie raste mit ihm über die Hänge und verstand es mit ihrer fröhlichen Art, die Schatten zu verwischen, die ein anderes Mädchen über Maximilians Herz gelegt hatte.

So kam der Heilige Abend heran. Am späten Nachmittag brachte der Postbote ein Paket herauf und fluchte, obwohl Mary Petersen ihm ein gutes Trinkgeld gegeben hatte, dass er den weiten Weg habe machen müssen.

Aber der Korbinian hörte sogleich mit dem Geschimpfe auf, als er in die Stube trat und die Brunnerin so fahl und still liegen sah. Er hatte doch ein schlechtes Gewissen, denn es waren nun schon zwei Briefe, die er gewissermassen unterschlagen hatte um einen Judaslohn. Er wollte es gewiss nicht mehr tun, und als Maximilian ihm einen selbstgebrannten Enzian gegen die Kälte anbot, wäre Korbinian Federl beinahe in Versuchung gekommen, alles zu beichten. Der Brunner Maximilian war ja nun auch nicht mehr der Bursche, den kein Mensch jemals beachtet hatte. Nein, sein Name war in diesen Tagen in aller Mund. Ganz Flurs hatte seine Hoffnung auf ihn gesetzt und rechnete damit, dass er am morgigen Weihnachtstag den goldenen Pokal für Flurs gewinnen würde. Und so war es nun gerade kein angenehmes Gefühl für den Federl, mit einem beschwerten Gewissen hier zu sitzen und sich mit Enzian bewirten zu lassen. Deshalb richtete er sich schnell wieder auf den Heimweg und sagte im Fortgehen nur noch:

»Gewinnen musst du morgen, Maximilian. Ganz Flurs hofft auf dich.«

Maximilian lächelte und meinte: »Ich werde mein Möglichstes tun!«

Ein wenig unruhig öffnete er dann das Paket. Ein Brieflein kam zum Vorschein und dann ein Paar gestrickte Fäustlinge, ein weißer Pullover und ein Schal.

»Nimm dieses kleine Geschenk«, schrieb Mary, »und denke am heutigen Abend ein wenig an mich. Und keinen Dank, bitte. Wenn ich weiß, dass ich Dir eine kleine Freude bereitet habe, dann ist es mir Dank genug. Vielleicht sagst Du mir das morgen dann. Ach, morgen. Ich habe keine Angst um Dich, aber ich zittere doch ein wenig. Ich wäre so gerne bei Dir, heute, lieber Maximilian. Aber ich weiß ja – Deine Mutter ist krank. Willst du ihr nicht sagen, dass ich ihr alles Gute wünsche? Ja, tu das, bitte. Und sei Du vielmals gegrüßt von Deiner Mary.«

Maximilian legte die Geschenke unter das kleine Bäumchen, das er neben dem Bett der Mutter geschmückt hatte. Er las ihr den Brief vor und ahnte nicht, dass sie alle Kraft zusammennehmen musste, um ihm folgen zu können.

»Sie muss ein gutes Mädchen sein«, sagte sie leise und bat dann: »Zünde das Bäumlein an, Maximilian. Ich möchte es noch einmal sehen – «

Maximilian fuhr herum.

»Das wirst du noch manches Jahr sehen, Mutter. Du wirst wieder gesund werden.«

Zum ersten Mal sagte die Mutter ihm nun die bittere Wahrheit: »Ich weiß, dass mir nichts mehr hilft, Bub. Meine Zeit ist um. Gegen den Tod ist kein Kraut gewachsen.«

Maximilian aber blieb zuversichtlich. Die letzten Tage war es mit ihr ein wenig besser gegangen, und es mochte vielleicht heute nur der Wetterumschwung an der neuen

Müdigkeit schuld sein. Seit dem Morgen schneite es nämlich ununterbrochen. Die Kälte hatte nachgelassen, ein leichter Föhn wehte draußen.

Die Brunnerin aber wusste besser Bescheid. Sie wusste, dass alles Hoffen umsonst war.

Hart tickte die Uhr in die Stille der Krankenstube. Maximilian hatte die Lichter angezündet. Es knisterte leise, und ein Geruch von Wald und Tannengrün verbreitete sich.

Nach einer Weile fing die Brunnerin leise zu sprechen an, verhalten, wie aus ganz weiter Ferne klang ihre Stimme:

»Du musst nicht denken, Maximilian, dass der Tod mich erschreckt. – Nur – ich hätte dich gern glücklich gewusst. Und – ich hätte noch deinen Sieg erleben mögen – morgen – deinen Sieg. Es müsste doch schön sein – mit einem Stolz im Herzen aus der Welt zu gehen …«

Die Worte verloren sich allmählich in unverständlichem Gemurmel.

Weit vorgeneigt stand Maximilian. Er horchte. Sie atmete noch. Auf einmal war auch ihm klar, dass da etwas Unerbittliches an ihn herantreten wollte. Dieses plötzliche Erkennen traf ihn wie ein schwerer Schlag. Er fasste ihren Puls und erschrak. Der Tod war nicht mehr aufzuhalten. Aber er wusste, wenn die Mutter starb, starb damit auch etwas in ihm. Dann würde er ganz allein sein. Es war gar nicht auszudenken, dass diese schmalen, guten Hände erkalten und nie mehr tröstend und kühlend auf seiner Stirn liegen sollten. Er schauderte zusammen und blickte zum Fenster. Es hatte aufgehört zu schneien. Ein einzelner Stern flimmerte in einer zerrissenen Wolkenwand. Ein einziger nur.

Das gab vielleicht morgen ein Prachtwetter für den Torlauf. Aber er würde nicht dort sein, wo man ihn erwartete. Nein, niemand konnte von ihm verlangen, die schwerkranke Mutter allein zu lassen.

Behutsam nahm er wieder ihre Hand.

Josefa erwachte aus ihrem Dämmerschlaf und lächelte ihn an.

»Lösch die Kerzen«, sagte sie. »Und leg dich schlafen. Du brauchst morgen gute Nerven und – mir ist wieder viel leichter. Denk jetzt nicht an mich, Bub, sondern nur an morgen. Morgen ist dein großer Tag. Und du wirst es schaffen, ich glaub fest daran.«

Maximilian presste die Lippen hart zusammen.

Morgen, dachte er. Was wird morgen alles sein?

Zur selben Stunde stand Julia Breitenbacher im Navistal im Hause des Sebastian Holster in ihrer Kammer. Drunten brannten noch die Kerzen am Christbaum, man hörte durch die dünne Stubendecke das fröhliche Geplapper der beiden Kinder, die sich an ihren Spielsachen erfreuten.

Sie hatte es nicht mehr ausgehalten da drunten, obwohl sich die Leute alle Mühe gaben, keine Bitterkeit am Heiligen Abend in ihr aufkommen zu lassen. Trotzdem fühlte sie sich gerade heute am allerverlassensten. Und obwohl sie nicht wollte, musste sie doch immerzu an Maximilian denken, von dem sie in der Zeitung gelesen hatte, dass er morgen in Flurs zu einem großen Wettkampf antrat.

Eigentlich hatte der Holster es zuerst vorgelesen, und Julia war zusammengezuckt, als sie Maximilians Namen hörte. Dann aber hatte sie es selber noch einmal heimlich gelesen, und das Herz war ihr schwer geworden wie ein Stein.

Sie stand nun am Fenster und dachte zurück an den Heiligen Abend im Vorjahr. Wie war da noch alles schön und gut. Wie himmelhoch hatte ihr Herz gejauchzt, als sie in jenen Wintertagen mit Maximilian durch die verschneiten Wälder fuhr. Heute tat das jemand anders. Der Vater hatte ihr geschrieben, dass Maximilian fast täglich mit einem fremden blonden Mädchen zusammensteckte.

Es war, als ob der Vater eine besondere Freude empfand, wenn er ihr solche Dinge mitteilen konnte. Die Absicht war ja vielleicht gar nicht einmal so schlecht. Er wollte ihr sicher damit das Vergessen leichter machen.

Ach, was half es denn? Es schmerzte immer wieder aufs Neue, und Julia wusste ganz genau, dass sie Maximilian Brunner wohl nie aus dem Herzen verbannen könnte.

Sie brauchte ja nur den Blick zum Bett hin zu wenden, wo ein kleiner, pausbäckiger Kerl glücklich und zufrieden in den blaugewürfelten Kissen schlummerte. Der leise Atem des schlummernden Kindes war der einzige Laut in dieser Kammer.

Julia wusste wohl, dass es ihrem Vater daheim nicht recht war, dass sie ihrem Kinde den Namen Maximilian geben ließ. Aber sie wollte immer, wenn sie das Kind bei diesem Namen rief, an jenen denken, der zutiefst mit diesem Kind verbunden war.

Ihr warmer Atem taute die Eisblumen an der Fensterscheibe ein wenig. Julia sah ebenfalls einen einsamen Stern funkeln im dunklen Gewölk.

Drunten in der Stube wurde es jetzt auch still. Eine Tür fiel zaghaft ins Schloss.

Julia wandte sich um, neigte sich leise über das schlafende Kind, behutsam und vorsichtig, dass es nicht erwache und die Tränen in den Augen der Mutter sähe.

Aber der kleine Maximilian schlief fest. Er war noch fern von all dem, was die großen Menschen bedrücken und zu Tode betrüben konnte. Und wahrscheinlich würde dieser kleine Maximilian in seinem späteren Leben gar nicht begreifen können, dass seine Geburt auf soviel Hartherzigkeit und Unverständnis gestoßen war. Er würde nicht begreifen, dass er dem Großvater unerwünscht war; denn er würde ja dann wissen, dass seine Mutter in unendlicher Liebe an ihm hing.

Der Kleine erwachte auch nicht, als sich die Mutter zu ihm legte und ihn in ihre Arme bettete.

So lag Julia lange wach in dieser Nacht, bis vom Turm von Matrei die Glocken zu rufen begannen. Drunten verließen sie das Haus, um zur Christmette zu gehen, und durch das Fenster konnte Julia viele Menschen durch den Schnee nach Matrei wandern sehen.

– 11 –

Der Weihnachtstag war wie bestellt für den großen Wettkampf in Flurs. Kein Wölkchen war am Himmel. Über den beiden Bettelwürfen und der Lafotschagruppe lag das Sonnenlicht wie an einem Frühlingstag, reicher, verschwenderischer noch, denn sein Leuchten reflektierte tausendfach von den starren Schneemassen.

Um die frühen Morgenstunden herrschte in Flurs schon ein reges Treiben. Droben auf der Abfahrt flatterten die Flaggen im Wind. Noch lag sie still und verlassen. Aber in wenigen Stunden werden die Läufer aus nah und fern auf ihr in heißem Kampf um den goldenen Pokal ringen.

Die Meinung war noch geteilt. Die einen tippten auf den Norweger Sörensen, die anderen auf den Italiener Sarelli, wieder andere auf den Reichenhaller Peter Siegl, aber die Mehrheit hielt Maximilian Brunner für den Mann des Tages.

Wo nur Maximilian so lange blieb? Es war unverantwortlich von ihm, dass er noch nicht da war. Als wieder eine Stunde vergangen war, spurteten der Hülsen Kaspar, der Eggler Christoph und der Pröbstl Hans los, um ihn zu holen.

Maximilian sah sie kommen und trat ihnen unter der Haustür entgegen. Er wusste, dass sie ihn holen wollten, und dass er ihnen die größte Enttäuschung bereiten musste, weil er nicht weg konnte von seiner Mutter, die seit den frühen Morgenstunden mit dem Tod rang.

»Was ist denn, Maximilian, dass du nicht kommst?«, fragte der Kaspar. »Es ist höchste Zeit.«

Maximilian sah sie der Reihe nach schweigend an. Sein Gesicht war eingefallen, ein unruhiges Zucken war in seinen Augen.

»Ich kann nicht kommen«, presste er hervor.

Die anderen meinten, es sei Scherz. Es wäre auch gar nicht auszudenken gewesen, wenn Maximilian wirklich nicht antreten wollte.

»Du wirst uns doch nicht im Stich lassen«, sagte der Pröbstl.

Maximilian atmete schwer.

»Es ist wirklich so – ich kann nicht antreten. Schaut zum Fenster hinein, dann wisst ihr, warum ich nicht kommen kann. Wie schwer mir das ankommt, das kann ich keinem sagen.«

Der Hülsen Kaspar war zum Fenster getreten und fuhr dann mit dem Kopf herum.

»Tot?«

Maximilian schüttelte den Kopf. »Noch nicht, aber es kann jede Stunde sein.«

»Wenn es doch nicht mehr aufzuhalten ist, dann könntest du ja mitkommen«, meinte der Eggler Christoph.

Maximilian starrte ihn an.

»Würdest du so etwas tun, wenn deine Mutter im Sterben läge? Du weißt nicht, wie schwer das Sterben ist, wenn man es einsam und verlassen tun muss.«

Da senkte der Eggler beschämt den Kopf. Sie sahen es ein, dass es ein unbilliges Verlangen war, einen Sohn von der sterbenden Mutter wegzuholen. Sie wussten aber auch, dass in diesem Falle der goldene Pokal nicht in Flurs bleiben würde. Selbst wenn alle Mitglieder des Clubs antreten würden, so wäre doch niemand darunter, der an die

Zeiten von Sörensen oder von Sarelli herankäme. Nur Maximilian hätte es vielleicht fertigbringen können.

Und so wendeten sie langsam die Skier. Hülsen sah Maximilian noch mit einem Blick an, als wolle er sagen: Geht es denn wirklich nicht, Maximilian? Weißt du es denn nicht, dass du unsere einzige Hoffnung bist?

Maximilian musste die Augen niederschlagen, dann wandte er sich schnell ab, um nicht zu zeigen, wie weh es ihm tat, die Kameraden so fortziehen lassen zu müssen.

Drunten im Dorf lief der ganze Ausschuss zusammen, als die drei zurückkamen. Tiefe Niedergeschlagenheit bemächtigte sich aller. Der Hehenleitner raufte sich die Haare, um dann auf den Eggler und den Heinerer einzupredigen, dass doch sie ihr Möglichstes versuchen sollten. Er erklärte ihnen alles bis ins Kleinste, sprach über die Torkombinationen und Tempodosierung.

Die beiden nickten nur. Sie wussten doch selber, wie alles gemacht werden musste, wussten aber auch, dass sie ohne Maximilian Brunner keine Aussicht auf Erfolg hatten.

Mary Petersen wartete im Nebenzimmer beim Rösslwirt. Sie schaute sich die Augen nach Maximilian aus, denn man konnte von hier aus den Weg übersehen, auf dem er kommen musste.

Wohl wusste sie, dass seine Mutter krank war, sie hatten sich deshalb in der letzten Woche nur ein paar Mal flüchtig sprechen können. Am liebsten wäre sie zu ihm hinaufgefahren, aber er hatte noch nie gesagt, dass sie mitkommen solle zu seiner Mutter, und sie wagte es nicht, ungerufen zu erscheinen.

Auf dem Übungshang zog Sörensen seine Spuren. Er war ganz groß in Form und hatte für diesen Tag trainiert wie noch nie.

Merkwürdig, dass Sörensen in letzter Zeit so eigenartig

war. Das fiel Mary Petersen jetzt ein, als sie ihn über den Hang fahren sah. Irgendwie hatte er sich verändert. Er sprach wenig, schaute sie nur oftmals so sonderbar an, als wollte er etwas sagen und hätte nicht den Mut dazu.

Draußen sammelten sich jetzt die Skiläufer und zogen zum Dorf hinaus. Da schnallte auch Mary ihre Skier an. Vielleicht war Maximilian schon droben bei der Schanze. Er mochte ja nicht gern unter vielen Menschen sein.

Im Jagdhaus sang der Wind durch die verschneiten Tannen. Schnee fiel in großen Klumpen auf das Hüttendach, und jedesmal, wenn es einen solch dumpfen Plumpser gab, fuhr die Sterbende in den Kissen auf.

»Was ist es, Maximilian – wer klopft – wer will mich holen?«

»Nichts ist es, Mutter. Der Wind schüttelt Schnee von den Ästen auf unser Dach.«

»Auf unser Dach …« Die Stimme der Brunnerin war leise. Ihr Atem war schon mühsam und konnte die Stimme nicht mehr bewegen. Die Hände lagen nebeneinander auf dem rotgewürfelten Bettuch. Sie hatten schon die Farbe der anderen Welt. Ein Sonnenbündel huschte zum Fenster herein und zitterte über diese müden Hände hin.

Maximilian saß auf dem Bettrand, ein wenig vornübergeneigt, die schweren Hände hilflos in dem leeren Raum vor seinen Knien.

Jetzt werden die Kameraden sich an den Start begeben!

»Du sollst nicht so viel reden, Mutter«, sagte Maximilian, und er sah dabei den Eggler Christoph, wie er sich abmühte und doch bei weitem nicht die Zeiten Sörensens erreichen konnte.

»Lass mich nur, Bub. Es dauert ja doch nicht mehr lange. Und ich muss – dir doch noch sagen – wie gern ich es gewusst hätte – wer einmal hier mit dir hausen und leben wird. Du darfst – nicht verkaufen – Maximilian. Du bist hier – zur Welt gekommen – ich war glücklich hier – mit deinem Vater. Nein, verkauf nicht, Maximilian. Ich bitt dich darum.«

»Nein, Mutter, ich habe nicht die Absicht, unser Häusl jemals in fremde Hände zu geben.«

»Ja, dann ist es gut.« Erschöpft fiel die Kranke in die Kissen zurück. Dicke Schweißperlen standen auf der wächsernen Stirn. »Dann ist es gut, wenn – du nicht verkaufst –«, wiederholte sie murmelnd. Ihre Stimme war nur noch ein leises Flüstern.

Gestern war der Arzt da gewesen. Er wollte heute wiederkommen. Ach, er wusste wohl ganz gut, dass hier nicht mehr zu helfen war, und würde wohl auch drunten stehen, wo heute das ganze Dorf versammelt war.

Maximilian fühlte, wie ihm alles Blut in die Stirn stieg. Er schämte sich, dass er heute die Kameraden allein lassen musste. Von wilden Zweifeln hin und hergerissen, nahm er schließlich die Skier von der Ofenbank. Gestern abend hatte er sie gewachst und die Bindungen nachgezogen. Und nun musste er hierbleiben. Die Pflicht hielt ihn hier fest, aber rief sie ihn nicht auch drunten?

Er hatte der Mutter erzählt, das Skirennen sei verlegt worden, denn sonst hätte sie nicht geduldet, dass er bei ihr geblieben wäre. Liebevoll strich Maximilians Hand über die Lauffläche der Skier. Ein bitterer Geschmack war in seinem Munde. So eine günstige Gelegenheit wie heute würde sich ihm wohl kaum so schnell wieder bieten. Und wer konnte sagen, dass der Verein ihn ein andermal noch aufstellen würde, wo er das erste Mal schon nicht antrat?

Er schaute auf die Mutter. Ganz still lag sie jetzt. Behutsam wischte er ihr den Schweiß von der Stirn und trat dann vor die Tür. Vorgeneigt stand er und lauschte. Aber nur ganz verschwommen hörte man den Lärm von der Skiabfahrt.

Und plötzlich, er wusste selber nicht, wie es gekommen war – plötzlich hatte er die Bretter an den Füßen, glitt lautlos, als befürchte er, die Sterbende könnte ihn zurückrufen, durch die Tannen hin, besann sich nochmals und sauste dann kurz entschlossen den Hang hinunter.

Auf halbem Weg kam der Arzt ihm entgegen. Er war kein guter Geher, und es war wirklich kein Vergnügen für ihn, diesen weiten Weg zur Jagdhütte zu machen.

»Höchste Zeit, dass Sie kommen, Brunner. Der Hehenleitner Ferdl ist ganz außer Rand und Band. Der Eggler und der Pröbstl kämpfen verbissen, aber Sarelli ist kaum noch zu schlagen. Wie geht es oben?«

»Sie schläft jetzt. Ich weiß, Herr Doktor, es ist unverzeihlich, dass ich sie allein lasse in ihrer letzten Stunde. Aber das andere, Doktor – verstehen Sie das? Man muss einfach. Ich kann die Kameraden nicht im Stich lassen. Wenn Sie einstweilen bei meiner Mutter bleiben würden, dann habe ich wenigstens einen kleinen Trost. Ich komme sofort zurück, wenn ich fertig bin.«

»Ich bleibe bei ihr, bis Sie wieder da sind.«

Maximilian legte Tempo vor und kam nach wenigen Minuten schon bei der Skiabfahrt an. Wie ein Pfeil schoss der Hehenleitner auf ihn zu, hängte sich an seinen Arm und sprach auf ihn ein.

Maximilian hörte kaum, was er sagte. Sein Blick hing an der Skiabfahrt, die soeben der Reichenhaller Siegl fehlerlos passierte. Auch im Steilhang hielt er sich gut, doch die Zeit war nicht besonders schnell.

»Ist Sörensen schon gestartet?« fragte Maximilian kurz.

»Nein, noch nicht«, antwortete Hülsen ihm, der hinzugekommen war. »Aber Sarelli hat eine Zeit von 1,40,0 und ist auf dem dritten Platz bis jetzt.«

Maximilian zog die Brauen hoch.

»1,40,0? Teufel, der ist aber gut! Wer von uns ist denn schon gefahren?«

»Eggerl und Pröbstl. Keiner ist unter 1,45 gekommen.«

»Also, hopp, hopp!« drängte der Ferdl. »Du musst jetzt rauf, Maximilian! Und reiß dich zusammen! Menschenskind, wir sind blamiert, wenn du beim ersten Lauf nicht gleich eine Zeit von 1,40 hinlegst!«

Maximilian antwortete nicht, sondern fuhr langsam die Höhe hinauf. Da stand plötzlich Mary neben ihm. Sie erschrak, als sie sein übernächtiges Gesicht sah.

»Was ist mit dir? Bist du krank, Maximilian? Du siehst schlecht aus.«

Er reichte ihr die Hand. »Nein, Mary, ich bin nicht krank. Aber meine Mutter liegt im Sterben. Ich wäre beinahe nicht gekommen.«

»Ist sie allein? Soll ich zu ihr rauffahren?«

»Nein, bleib nur. Jetzt ist der Arzt oben. Entschuldige, Mary, ich muss weiter. Sei nicht bös, wenn ich hernach gleich wieder heimfahre. In den nächsten Tagen habe ich sicher wieder genügend Zeit für dich. Ich hab dir ja noch so zu danken. Du hast mir eine große Freude gemacht.«

Droben am Start wimmelte es von Rennläufern. Maximilian wurde von seinen Kameraden mit lautem Hallo begrüsst. Der Italiener Sarelli, ein beweglicher kleiner Bursche, musterte mit abschätzendem Blick Maximilians durchtrainierte Gestalt. Sörensen stand abseits. Maximilian trat zu ihm.

»Guten Tag, Sörensen.«

Sörensen fuhr wie aus einem Traum auf.

»Ach, Sie sind es, Brunner. Ich hätte es bedauert, wenn Sie nicht hätten kommen können. Man sagte mir, dass es Ihrer Mutter nicht gut geht?«

»Ja leider, und ich werde hernach auch gleich wieder verschwinden.«

Einer nach dem anderen ging an den Start. Plötzlich richtete Sörensen seinen kühlen Blick auf Maximilian.

»Ich möchte gern etwas wissen, Brunner«, sagte er leise. Und als Maximilian ihn verwundert ansah: »Wie stehen Sie zu Mary Petersen?«

Maximilian zog die Brauen ein wenig zusammen. »Was soll die Frage?«

»Es ist wichtig für mich, zu wissen, ob ihr euch liebt.«

»Können wir darüber nicht besser ein andermal sprechen?«, meinte Maximilian etwas befremdet.

»Ich glaube, es genügt schon«, sagte Sörensen. »Wir brauchen nicht mehr weiter darüber zu reden.«

Dann trat Sörensen an den Start. Auf das Startzeichen sauste er los, schoss wie ein Pfeil den Hang hinunter.

Maximilian Brunner ließ ihn nicht aus den Augen, verfolgte wie ein Luchs den Torlauf des Norwegers und horchte dann gespannt auf das Ergebnis seines Laufes.

1,39,0 wurden gemeldet.

Fast ein Dutzend anderer Läufer kamen noch daran, bis Maximilian sich bereit machen musste. Hochaufgerichtet, abwägend stand er, jeder Muskel in seinem Gesicht war gespannt. Er federte ein wenig in den Knien, um sich locker zu machen. Alle Augen richteten sich auf ihn. Schräg gegenüber sah er den Italiener Sarelli und nicht weit davon Sörensen.

Der Lautsprecher rief Maximilians Namen. Maximilians Muskeln spannten sich wie eine Feder, dann schnellte er los.

Gleich vom Start weg hatte er das Gefühl, dass es gut gehen müsse. Nur als er durch die Tore tanzte war es ihm einen Augenblick, als ziehe ein Seil ihn zurück. Aber er kämpfte sich in Sekundenschnelle in den richtigen Rhythmus und hatte im Flachstück noch genügend Tempo drauf. Mit letzter Kraft schob er sich durchs Ziel: 1,37,7.

Im zweiten Durchgang verlor Maximilian einige Zehntel auf die Zeit von Sörensen, doch es reichte zum Sieg. Auch für die Mannschaftsbewertung reichte es zum goldenen Pokal!

Sörensen behielt die gleichmütig strenge Miene bei. Er wusste bereits, dass er gegen den Maximilian Brunner verloren hatte.

Ungeheurer Jubel und Anfeuerungsschreie umbrandeten den Maximilian.

Als erster trat Sörensen auf ihn zu und streckte ihm die Hand hin. »Ich gratuliere Ihnen, Maximilian Brunner.«

Alles drängte sich nun herzu. Da machte Maximilian sich frei und spurtete dem Wald zu. Nun trieb es ihn heim. Ein inbrünstiges Hoffen war in ihm, dass die Mutter noch so bei Bewusstsein sein möge, um von seinem Sieg zu erfahren.

Er lehnte die Ski an die Hauswand und trat ein. Und da wusste er, was in der Zwischenzeit geschehen war.

Seine Mutter war gestorben.

Ganz ruhig sei sie hinübergeschlafen, sagte der Arzt, sprach noch ein paar Worte des Beileids und empfahl sich dann.

»Hat sie nach mir gefragt?«, wollte Maximilian wissen.

»Sie kam nicht mehr recht zum Bewusstsein. Machen Sie sich keine Sorgen darüber, dass Sie fort waren.«

Maximilian war nun allein in der Hütte. Er trat an das Bett und wusste nun weiter nichts anzufangen mit dem Tod, der in das Haus im Walde eingekehrt war. Er setzte sich auf einen Schemel und schaute in das schweigende Gesicht, von dem er so viel Liebe empfangen hatte in langen Jahren.

Still und kühl war die Luft über der wächsernen Gestalt. Kalt mutete ihm jetzt auch der Raum an, obwohl er gut Holz nachgelegt hatte, bevor er wegging. Es war eben mehr aus der Welt gegangen als die Mutter. Etwas von dem Raum war mitgestorben, ein Stück vom Herd, von der Geborgenheit des Hauses und seiner Kindheit.

Was war ein Sieg auf der Skiabfahrt dagegen? Nur ein winzig kleines Stück gegenüber der Macht des Todes. Ja, es gab Stärkeres als seine jugendliche Kraft.

Maximilian richtete sich auf. Er wollte Tannenzweige holen. Blumen gab es nicht um diese Zeit. Aber etwas Grünes sollte die Mutter doch auf ihrem kalten Bett umrahmen. Und ein paar Kerzen sollten brennen.

Am Abend ging er ins Dorf. Es musste doch alles besprochen werden.

Die Glocken werden läuten und die Kinder sollen singen, sagte der Pfarrer. Ja, und einen weißen Sarg sollte die Mutter haben. Der Schreiner versprach, ihn bis morgen Mittag zu liefern. Der Angerhofbauer meldete sich freiwillig, mit seinem Wagen die Tote herunterzufahren. Es hatte sich schnell herumgesprochen, was geschehen war, während der Maximilian Brunner den großen Sieg für Flurs erfocht.

Endlich war Maximilian mit allem fertig und machte sich auf den Heimweg. Ach, es war doch zermürbend, einem geliebten Menschen ein Grab zu schaffen. Nun, als er so durch den dunklen Wald dahinglitt und nichts um ihn war als das leise Rauschen der Bretter unter seinen Füßen, kamen ihm plötzlich die Tränen.

Was war denn seiner Mutter Leben? Ein ewiges Wünschen und Hoffen und ständiges Entbehren. Nie hatte sie den Saum ihres Schattens überschritten, der jetzt mit ihr in die dunkle Gruft hinabsank. Aber trotz aller Not und Sorge hatte sie ein Herz voll grenzenloser Güte. Was mochte aus diesem Herzen jetzt aufblühen? Es musste Großes sein, denn sie war Mutter – seine Mutter – die Mutter des Läufers von Flurs, dessen Name jetzt überall mit Bewunderung genannt wurde.

Mit ausgreifenden Schritten ging er heim. Der Schnee knirschte unter seinen Brettern. Riesengroß war die Nacht in ihrer Stummheit. Alle Sterne waren aufgebrochen, der Himmel strahlte in kalter Reinheit. Eine glühende Lichtstraße erlosch nach und nach.

– 12 –

Drunten, im Saal des Rösslwirts, ging es hoch her. Dort wurde der Sieg gefeiert – ohne den Sieger. Aber schließlich war dieser Sieg nicht weniger wert, wenn auch die Brunnerin tot da oben in der Waldhütte lag.

Im Saal war die Jugend vertreten, und in der Gaststube saßen die Bauern. Nirgends war mehr ein Platz zu bekommen. Der Rösslwirt hatte einen guten Tag.

Sörensen trat auf Mary Petersen zu. »Darf ich um den nächsten Tanz bitten?«

»Nein, ich tanze heute nicht«, sagte Mary und stand auf, um in ihr Zimmer zu gehen. Es litt sie nicht unter den frohen Menschen. Ihre Gedanken waren bei Maximilian.

Am liebsten wäre sie jetzt noch zu ihm gefahren, damit er sich nicht so verlassen fühlte.

Sörensen vertrat ihr den Weg. »Sie tanzen aber doch sonst so gerne, Mary.«

Das Mädchen hob die Augen zu ihm. Eine Unmutsfalte lag auf ihrer Stirn.

»Aber, Sörensen, genügt es denn nicht, wenn ich sage, dass ich heute keine Lust habe?«

»Doch, es genügt, Mary. Und ich weiß auch, weshalb Sie keine Lust haben.«

Mary ging langsam weiter. Er blieb an ihrer Seite. Sie verließen den Tanzsaal, schritten den langen Flur entlang, an dessen Ende Marys Zimmer lag.

»Wenn Maximilian Brunner hier wäre, würden Sie sicher tanzen«, sagte Sörensen. Es klang ein wenig vorwurfsvoll. Oder schien es ihr nur so?

»Ja, Sie haben recht, Sörensen. Wenn Maximilian Brunner hier wäre, würde ich tanzen. Aber seine Mutter ist gestorben.«

»Ich habe davon gehört«, antwortete Sörensen und

blickte über sie hinweg. Seine Finger waren in einem ruhelosen Spiel begriffen.

»Ich liebe Sie«, sagte er dann leise.

»Ach, und das fällt Ihnen jetzt erst ein?«

»Nein, das wusste ich seit langem, aber ich wollte Ihnen noch Zeit gönnen, Mary. Das war vielleicht falsch von mir. Auch wollte ich erst von Ihrem Vater die Gewissheit haben, dass er wegen unserer Verbindung nichts einzuwenden hätte. Deshalb habe ich ihm geschrieben.«

»Das haben Sie getan? Sörensen, ich verstehe Sie nicht.«

Mary trat an das Flurfenster und schaute in die Nacht hinaus. Plötzlich wandte sie den Kopf. »Und haben Sie schon Antwort bekommen?«

»Ja, heute morgen.«

»Und was schreibt mein Vater?«

»Dass er nichts gegen unsere Verbindung hat. Ich glaube, meine Eltern wären auch einverstanden. Soviel ich weiß, dürfte Ihrem Vater ein Zusammenschluss mit dem Handelshaus Sörensen in seinem eigenen Interesse sehr willkommen sein, da Sie ja keinen Bruder haben, der die Firma Petersen übernehmen könnte.«

»Ich verstehe das nicht, Sörensen. Wie konnten Sie nur hinter meinem Rücken an meinen Vater schreiben? Es hat ja doch jetzt alles keinen Sinn mehr.«

»Ich weiß, dass ich zu spät gekommen bin. Brunner ist nicht nur auf der Skiabfahrt Sieger geblieben, er hat mich auch bei Ihnen besiegt.«

Mary Petersen erwiderte zornig: »Sörensen! Wissen Sie, wie alles gekommen ist?«

»Nein, das weiß ich nicht. Aber – seien Sie nicht böse, Mary, – lassen Sie uns einmal ganz vernünftig zusammen sprechen – wie gute Freunde, nicht wahr? Wie stellen Sie sich vor, dass es weitergehen soll? Ich achte und schätze Maximilian Brunner, aber Sie müssen doch zugeben, dass Sie ihn nicht heiraten können.«

Mary erschrak sichtlich. Ratlos blickte sie ihn an, um sich dann fortzuwenden in das Dunkel des Ganges.

»Sörensen, ich weiß wirklich nicht, wie es weitergehen soll. Ich weiß nur, dass ich ihn liebe.«

Stumm standen sie sich gegenüber.

»Ich wollte Sie nicht erschrecken, Mary. Aber ich habe mich immer als Ihren Freund betrachtet, und als solcher wollte ich es nicht versäumen, Sie darauf aufmerksam zu machen, dass Ihnen diese Liebe Leid bereiten könnte. Überlegen Sie sich alles einmal in Ruhe, Mary. Wenn die Ferien vorbei sind, gehen Sie ja doch wieder zurück nach Innsbruck. Dann werden wir uns wiedersehen, denn ich möchte schon morgen früh abreisen, um anderswo für das große Skirennen in Sonthofen zu trainieren. Leben Sie wohl inzwischen, und denken Sie nicht allzu böse an mich.«

Mary Petersen stand plötzlich allein im Flur. Sie spürte noch Sörensens Händedruck und sah ihn wie im Traum verschwinden.

Das hätte nicht kommen dürfen.

Sörensen, sie hatte ihn sehr gern gesehen, war immer gern in seiner Nähe gewesen. Er hatte so etwas Ruhiges, Festes an sich, man konnte sich bei ihm wirklich geborgen fühlen. Das war so gewesen, bis Maximilian Brunner in ihren Weg getreten war.

Und Mary Petersen wusste auch in dem Augenblick nichts anderes, als dass sie Maximilian liebte mit der ganzen Kraft ihres jungen Herzens. Alle Bedenken schob sie beiseite und war bereit, alle Unannehmlichkeiten um dieser Liebe willen auf sich zu nehmen.

Sie ging in ihr Zimmer und trat vor den Spiegel. Gedämpft klang der Lärm vom Tanzboden hierher. Jetzt mit Maximilian durch den Saal tanzen, dachte sie inbrünstig und lächelte in den Spiegel hinein.

Gleich darauf aber verwies sie diesen Gedanken. Maximilian würde allein und einsam da oben sitzen. Sörensen sprach von den Vorlesungen, die bald wieder begannen. War es für sie nicht wichtiger, an der Seite des Mannes zu bleiben, der nun verlassen war und niemanden mehr hatte?

Das ging natürlich auch wieder nicht. Sie öffnete das Fenster und setzte sich an den Tisch, um ein paar tröstende Zeilen an Maximilian zu schreiben. Er sollte wissen, dass er nicht allein und verlassen sei.

Das alte Jahr ging zu Ende. Still standen die Wälder an den Hängen. Kein Lüftchen wehte, es war, als hielte die Welt den Atem an, um sich noch einmal zu besinnen, was in diesem nun ablaufenden Jahr alles geschehen war an Freud und Leid.

Niemals fühlt der Mensch die Einsamkeit und Verlassenheit so schwer, wie in der Nacht der Jahreswende, wenn niemand da ist, ihm Glück und Segen für das neue Jahr zu wünschen. Angst vor diesem Alleinsein hatte Maximilian Brunner am Nachmittag des Silvestertages hinausgetrieben in die Wälder. Als einsamer Läufer glitt er über die Hänge, talab und bergauf, ohne Richtung und Ziel, nur mit dem Wunsch, todmüde zu werden, um schlafen zu können.

Er hatte wohl an Mary gedacht, mit der er sich in der Zeit seit Weihnachten nur einmal getroffen hatte. Sie hatte auch neben ihm gestanden, als man seine Mutter in die kalte Erde bettete. Sie stand neben ihm wie zugehörig, und es war ihm ein guter Trost in dieser Stunde gewesen. Aber dieses Tröstliche wurde dann wieder überschattet, als die gähnende Leere des Hauses ihn empfing. Diese Leere hätte auch Mary nicht ausfüllen können, es war zu viel, was mit der Mutter aus dem Hause fortgegangen war.

Als aber Maximilian an diesem Silvesterabend heimkam, sah er Licht in der Hütte. Er sah es von weitem schon durch die Bäume schimmern, und als er an das Fenster trat, sah er Mary in der Stube neben dem Ofen sitzen, wo die Mutter immer ihren Platz gehabt hatte. Licht und hell saß sie dort, mit ihrer Jugend strahlend das verdrängend, was in den letzten Tagen als unsichtbarer, grauer Schatten in allen Winkeln gelagert hatte.

»Ich wollte nicht, dass du heute abend allein bist«, sagte sie schlicht. »Ich wollte auch nicht allein sein, wenn dieses Jahr zu Ende geht.«

Maximilian rieb sich die Hände über der Ofenplatte, obwohl ihn nicht fror. Es war mehr aus Verlegenheit und um das Mädchen nicht einfach in den Arm zu nehmen. So sehr freute ihn ihre Anwesenheit.

Kalt war die Stube, als er mittags fortgegangen war. Nun war sie warm durchheizt, und in einem kupfernen Kessel brodelte leise das Wasser für den Punsch.

»Ich habe schon Angst gehabt, du kämst gar nicht mehr heim«, sagte Mary leise hinter ihm.

Maximilian drehte sich um, seine Hand glitt über ihre Haare und blieb im Nacken liegen.

»Wenn ich gewusst hätte, Mary, dass du kommen würdest, wäre ich früher zurück gewesen. Es ist schön von dir, dass du hier bist und die letzte Stunde des Jahres mit mir teilen willst. Bist ein gutes Mädl, du.«

Dieses Lob zauberte goldene Punkte in ihre Augen. Maximilian versenkte sich darin und dachte: Ich weiß eigentlich gar nichts von ihr. Von Julia habe ich jede kleinste Regung gekannt und habe mich doch in ihr getäuscht, denn sie hat mich ja ohne ein Wort verlassen. Dieses Mädchen ist mir in ihrem Wesen noch fremd, und doch ist mir, als kenne ich sie seit Jahren.

Ihre Welt war .eine andere, das wusste Maximilian wohl. Sie war in einem anderen Land zu Hause, von dem sie ihm eigentlich noch kaum erzählt hatte. Und einmal – ach, einmal würde sie wohl wieder dorthin zurückgehen, und dieses kleine Glück würde dann in der Erinnerung leise fortbestehen, so wie das erste Glück versunken war in einem tiefen Abgrund. Lautlos war es zersprungen, und kein Echo klang davon mehr auf.

»Was denkst du, lieber Maximilian?«

Er musste seine Gedanken erst weit herholen. Dann lächelte er, zog sie auf seinen Schoß und nahm ihre Hände.

»Ich habe gerade gedacht, wie es einmal sein wird, wenn du mich wieder allein gelassen hast. Nein, sei nur ruhig, und lass mich ausreden. Schau, ich hab dich sehr gern. Ich bin dir dankbar, denn du hast mir den Glauben wiedergegeben an das, was eine andere in mir zerschlagen hat. Und ich möchte gern, dass es so schön bliebe wie heute, aber ich glaube nicht daran. Mary.«

Mary glitt von seinem Schoß, stellte sich vor ihm hin und lachte.

»Du wirst es wohl erst glauben, wenn ich wirklich bei dir geblieben bin. Aber komm, lass an diesem Abend die trüben Gedanken. Ich will nun den Punsch fertig brauen, und dann wollen wir uns überlegen, auf was wir zu trinken haben, wir beide, in dieser Nacht.«

Als sei sie schon immer in diesem Hause daheim gewesen, so ging Mary umher.

Unwillkürlich fragte Maximilian sich, warum das Schicksal ihm dieses Mädchen in den Weg führte, nachdem er geglaubt hatte, nie wieder vertrauensvoll einer Frau auch nur die Hand reichen zu können.

Was er zunächst nur als eine Spielerei betrachtet hatte, bekam nun allmählich die Tiefe eines wirklichen Erlebnisses. Das sah nicht mehr nach einem Flirt aus, wie es Tausende gab um diese Winterszeit, wo jeder Ort an der ganzen Alpenkette entlang mit Wintersportlern überfüllt war. Das war kein Spiel mehr, das mit dem Winter sein Ende fand, sondern es würde darüber hinaus dauern in die schönen und hellen Frühlingstage hinein, den Sommer hindurch, bis es wieder Winter wurde. Mary reiste ja nicht ab, wenn der Schnee fortging, sie blieb in seiner Nähe, blieb in Innsbruck. Maximilian war sich bereits darüber klar, dass es ihm Schmerz bereiten würde, wenn sie wieder aus seinem Leben fortginge.

Nun hatte sie den Punsch fertig gebraut. Sie tranken zusammen auf die Zukunft, und als die alte Uhr mit knarrendem Ton die zwölfte Stunde schlug, nahm Mary Petersen Maximilian Brunners Gesicht in ihre Hände und küsste ihn.

»Ich habe dich so lieb«, sprach sie dabei leise und lehnte sich an seine Brust wie ein Kind, das einschlafen will. »Deine Kälte hat mir so oft weh getan, aber nun weiß ich, dass du gar nicht anders kannst, dass du so sein musst. Oft sehe ich in deinen Augen einen ganz fremden Ausdruck. Du musst dann an etwas sehr Schmerzliches denken. Ist es nicht so?«

Maximilian wunderte sich, dass sie ihn schon so gut kannte.

»Es hat schließlich jeder Mensch einmal etwas Schmerzliches erlebt, an das er nur ungern denkt. Aber oft, zu oft, vielleicht, wird er daran erinnert. Das sollte nicht sein. Die Vergangenheit soll nicht immer aufstehen vor einem, als ob sie ein Recht dazu hätte.«

»Ja, das ist es, Maximilian«, sagte Mary. »Ich habe immer schon geahnt, dass etwas in deinem Leben sein muss, das dir einmal sehr weh getan hat. Ich selbst weiß noch nicht, was Schmerz heißt und Trauer. Mein Leben war immer sorglos. Meine Mutter allerdings starb schon früh. Ich kann mich an sie nicht erinnern. Ich hatte aber trotzdem eine sonnige Kindheit. Ach, Maximilian, du müsstest einmal mit mir in meine Heimat kommen. Sie ist schön – sie hat etwas Verwandtes mit der deinen. Willst du nicht im Sommer mit mir heimfahren?«

»Ja, im Sommer«, sagte er und dachte sich: Im Sommer

werde ich wohl keine Zeit haben, so wenig wie ich jetzt Zeit hätte, denn ich muss arbeiten. Vom Skilaufen allein kann ich nicht leben, und auch das Haus kann ich nicht aufbauen damit.

Er plante, wenn Mary im Sommer heimfuhr, seine alte Hütte umzuwandeln in ein helleres und freundlicheres Heim, in das dieses Mädchen besser hineinpassen würde.

Wie schnell doch die Zeit verging! Es war nun schon gleich die erste Stunde des neuen Jahres vorüber. Ach, sie hatten sich ja so viel zu sagen und zu erzählen, und Maximilian begann in dieser Nacht, wieder an das Glück zu glauben.

Er brachte sie dann hinunter ins Dorf, wo sie ja im Gasthaus »Zum Rössl« ihr Zimmer hatte, und es schlug zwei Uhr, als sie sich vor dem Gasthaus verabschiedeten. Mary hatte sich mittlerweile zu einer sehr guten Skiläuferin entwickelt und war kaum hinter ihm zurückgeblieben, als er in schneller Schussfahrt die Hänge hinabbrauste.

Am nächsten Mittag wollten sie sich wieder treffen. Maximilian freute sich schon darauf. Auch wollte Mary ihn überallhin begleiten, wohin er nun in nächster Zeit reisen musste, um an den Skiwettkämpfen teilzunehmen.

Schon lange hatte Maximilian sich nicht mehr so frei und leicht gefühlt wie jetzt, da er durch die klirrende Kälte seinem Haus zustrebte, in das heute das Glück Einkehr gehalten hatte. Nicht einmal hatte er an diesem Abend an Julia gedacht, und wenn er es jetzt flüchtig tat, so stand daneben lächelnd und strahlend Mary Petersen, die ihr junges, verliebtes Herz vertrauensvoll an ihn verschenkte. Er war ihre erste Liebe, und er wusste, dass er dieses Herz nicht enttäuschen durfte. Mochte das Schicksal selbst die Ruder einsetzen und es nach seinem Gutdünken einrichten. Er selbst wollte weiter nichts tun als an das Glück glauben.

– 13 –

An diesem Neujahrstag trafen sich in Oslo in einem alten Patrizierhaus zwei Männer, die sich bisher nur dem Namen nach kannten, aber einander noch nie gesehen hatten.

Nils Sörensen, der von Bergen herüberkam nach Oslo, besuchte den Handelsherrn Börnje Petersen.

Petersen empfing seinen Gast in der ihm eigenen liebenswerten Art. Er war ein etwas untersetzter Herr, aber beweglich und voll bestrickender Liebenswürdigkeit, wie man sie bei einem Geschäftsmann kaum vermutet hätte.

Sörensen dagegen war groß und hager. Fast wirkte er steif gegen den beweglichen Petersen. Aber schließlich tat das ja nichts zur Sache. Man war sich beiderseitig im Klaren darüber, dass dieses heutige Treffen bedeutungsvoll war. Sörensen hatte einen einzigen Sohn, Petersen dagegen eine einzige Tochter. Eine Fusion der beiden Geschäftshäuser wäre für jeden der beiden alten Herren nur ein Vorteil.

Nachdem Sörensen in das große, komfortable Wohnzimmer geführt worden war und ein paar alltägliche Fragen zwischen dem Abschneiden der Zigarrenspitze und den ersten bläulichen Rauchwölkchen erledigt waren, lehnte sich Sörensen in den Sessel zurück und sagte:

»Tja, Herr Petersen, nun wollen wir die Sache gleich durchsprechen. Ihren Brief hab ich erhalten, und auch mir hat mein Sohn geschrieben, dass ihm Ihre Tochter nicht gleichgültig wäre. Ich sehe in einer Verbindung der beiden eine bessere Entwicklungsmöglichkeit unserer Geschäfte, wir würden durch eine Fusion der beiden Häuser konkurrenzfähiger sein können.«

»Ja«, sagte Petersen, »ich habe mir auch schon alles überlegt, und es könnte nur zum Vorteil sein. Ich habe Ihrem Herrn Sohn auf seinen Brief geantwortet, dass ihm von meiner Seite aus nichts im Wege steht. Die beiden jungen Leute scheinen sich sehr gut zu verstehen, und somit wäre ja alles in schönster Ordnung. Die Lachszucht im Maraigerfjord würde ich allerdings noch für mich behalten. Sie wissen ja, es hat jeder sein Steckenpferd, und ganz will man ja auch nicht gleich in der Versenkung verschwinden.«

Es war ein glattes Geschäft. Jeder der beiden hatte einen guten, ehrlichen Namen, ihr Vermögen war ziemlich gleichwertig, so dass sich einer vor dem anderen nichts zu vergeben hatte.

Und so wurde an diesem Neujahrstag zwischen zwei Vätern alles besiegelt und beschlossen, und das Schicksal begann seine Fäden zu spinnen.

Maximilian Brunner eilte in diesen Wintermonaten von Sieg zu Sieg. Die Flurser waren stolz auf ihren Kombinationsläufer. Wenn es sich um Mannschaftskämpfe handelte, dann führte Maximilian seine kleine Schar zum sicheren Sieg. Er selbst aber trat, bald da und bald dort, mit den Besten des Skisportes zum Wettstreit an. Überall kannte man ihn schon, und überall hin begleitete ihn ein blondes, zartes Mädchen. Wie ein guter, verlässlicher Kamerad war Mary stets an seiner Seite. Ja, es war sogar so, dass Maximilian etwas unsicher war, wenn Mary einmal nicht bei ihm war.

Stolze Siege in Arosa, Davos und St. Moritz meldeten die Zeitungen von dem Wunderläufer Maximilian Brunner, dessen Muskeln wie Stahlfedern gespannt zu sein schienen, wenn sie im Augenblick des Starts mit ungeahnter Kraft losschnellten.

Man hatte ihn überall gern, diesen Maximilian. Seine zurückhaltende, bescheidene Art gewann ihm die Herzen der Sportkameraden. Schöne Frauen sahen ihm nicht ungern nach, aber Maximilian bemerkte es nicht. Nein, er hing an dem blonden Mädchen, von dem er einen

Talisman in Form eines Edelweiß aus Elfenbein bei sich trug.

Freilich, es ließ sich nicht umgehen, dass er in Gesellschaftskreise kam, in denen er sich zunächst gar nicht zu Hause fühlen konnte. Seine Welt waren der Wald und die verschneiten Hänge. Auf dem Parkett fand er sich nicht ganz zurecht, aber er hatte die Gabe, sich bestimmte Dinge mit leichter Mühe anzueignen, so dass er wenigstens nicht mehr auffiel.

Ein paarmal traf er auch mit Sörensen zusammen. Der Norweger war höflich wie immer. Nichts an ihm verriet, das es seinen Stolz empfindlich getroffen hatte, von Maximilian Brunner bei Mary Petersen in den Schatten gedrängt worden zu sein.

Natürlich erfuhr auch der Stögerbauer von den Erfolgen des Maximilian. Ja, er las jetzt die Sportnachrichten in der Zeitung mit besonderer Aufmerksamkeit und konnte dann einen heimlichen Zorn nicht ganz unterdrücken. Er hätte Grund gehabt, stolz zu sein auf das, was sein ehemaliger Knecht an Erfolgen errang, denn er war ja auch ein Flurser. Aber er konnte in maßlose Wut geraten, wenn man im Dorf drunten diesen Maximilian wie einen Helden verehrte. Ja, im Gemeinderat war kürzlich sogar die Frage aufgetaucht, ob man Maximilian Brunner nicht zum Ehrenbürger ernennen könnte.

Der Stöger hätte am liebsten heftig dagegen Einspruch erhoben, aber er musste den Mund halten, denn es hätten dadurch leicht die tieferen Hintergründe seiner Abneigung erraten werden können.

Wahrlich, es war in letzter Zeit wirklich eine Pein geworden, ins Wirtshaus zu gehen. Kaum dass man richtig saß, war das Gespräch schon auf Maximilian gebracht. Die Flurser schienen von einem Taumel ergriffen worden zu sein und wollten anscheinend jetzt auf einmal nachholen, was sie an diesem Menschen in den Jahren vorher versäumt hatten. Das Forstamt gar hatte sich bereit erklärt, Maximilian Brunner vertragsmäßig in den Forstdienst aufzunehmen. Nicht etwa als einfachen Holzfäller, sondern als Jagdgehilfen. Jawohl, als richtigen Jagdgehilfen mit Büchse und Fernglas!

Das hätte den Stöger eigentlich ein wenig versöhnen sollen mit dem, was ihn einmal zum Hass gegen diesen Maximilian verleitete. Es war doch schließlich die Schande nicht mehr so riesengroß, wenn ein Jäger die Liebe der Julia Breitenbacher genommen hatte. Überhaupt wäre es ja nun an der Zeit gewesen, dass er seine Julia heimgeholt hätte. Der Stöger kannte seine Julia gut. Ihr Stolz würde es niemals zulassen, dass sie ihre Liebe nochmals verschenken würde an einen, der sich so schnell mit einer anderen getröstet hatte. Das war ja nun längst kein Geheimnis mehr, dass Maximilian Brunner ein festes Verhältnis mit dem blonden Mädel aus dem Norden hatte. Sie zeigten sich überall zusammen und gaben sich wie ein Liebespaar, das sich über die Zukunft vollständig klar war.

Oh, die Kramerin wusste in allem Bescheid. Sie erzählte dem Stöger, dass diese Norwegerin einen reichen Vater habe, der leicht das ganze Flurs mitsamt dem Stögerhof kaufen könne, wenn er nur wüsste, was er dann damit anfangen solle.

»Ah, geh«, sagte der Stöger halb erstaunt und halb ärgerlich. »Dann kann ich aber so einen Vater nicht begreifen, dass er seine Tochter allein hierher lässt, angeblich zum Studieren. Oder weiß dieser Herr Vater vielleicht gar nichts von dieser Liebelei seiner Tochter?«

»O doch«, sagte die Magda.

»Dann kann ich nicht verstehen, dass er so etwas duldet.«

»Warum denn nicht? Der Maximilian Brunner ist doch heute bekannt weit und breit. Der Vater von dem Fräulein Mary soll ein sehr vernünftig denkender Mann sein.«

Der Stöger zog den Kopf ein und unterdrückte seinen Zorn.

»Mir kann es gleich sein, mich geht es ja nichts an. Das kann ein jeder machen, wie er will. Aber dass das ganze Flurs an dem Maximilian einen Affen gefressen hat, das wirkt fast lächerlich. Bloß weil er auf ein paar Brettln besser als andere um Tore tanzen kann. Wie gesagt, mich geht es nichts an, aber verstehen tu ich das nicht.«

Die Magda stemmt die Fäuste auf den Ladentisch und gab ihm recht. Wie hätte sie es auch als Kramerin, die sich einen so guten Kunden erhalten wollte, anders machen sollen! Sie fragte dann recht scheinheilig:

»Wie geht es denn eigentlich deiner Julia? Da hört man gar nichts mehr.«

»Die schreibt sehr fleißig«, antwortete der Stöger. »Ich hätte sie zwar ganz gern wieder heimgeholt, aber mit einem Jahr ist auf so einer Haushaltungsschule nicht viel gedient. Zwei Jahr muss sie mindestens dort bleiben.«

»Ja, das glaub ich auch«, pflichtete die Kramerin bei. »Wenn man doch schon sein Geld ausgibt, dann muss es sich auch lohnen. Hast ganz recht gehabt, Stöger, dass du sie auf die Schule getan hast. Schau sie an, die anderen Bauerntöchter. Mit knapper Not, dass sie einen Schweinsbraten fertig bringen. Nein, so eine Haushaltungsschule ist durchaus nicht zu verachten. Wenn ich ein Dirndl hätte, das müsst mir auch dorthin. Wo ist denn die Haushaltungsschule eigentlich?«

Ich hör dich schon gehen, du scheinheiliges Mensch, dachte sich der Stöger und band ihr einen neuen Bären auf. Dann machte er sich auf den Heimweg.

An diesem Tag begegnete er nach langem wieder dem Maximilian Brunner, das blonde Mädchen an seiner Seite. Maximilian ging an ihm mit solch kalter Miene vorüber, als hätte er ihn noch nie gesehen. Mit Gewalt musste er sich beherrschen, aber er hätte ihm zu gern etwas nachgeschrien. Doch er wusste ja, dass mit diesem Burschen nicht gut Kirschen essen war. Überhaupt gar nicht zu verstehen, dass er sich einmal vor seinen Fäusten geduckt hatte!

In Stögers Herz wurmte der heimliche Zorn jener Menschen, die es maßlos empört, wenn ein anderer sich aus eigener Kraft hocharbeitet. Neid und Missgunst erfüllten ihn und machten ihn zu einem freudlosen Mann.

Da kam am nächsten Tag – es war Sonntag – um die zweite Nachmittagsstunde der Geibl Peter von Rüsching auf den Stögerhof. Obwohl es strenger Winter war und der Schnee metertief über dem Anwesen lagerte, hatte der Peter ein dunkelrotes Blümlein im Knopfloch, und der Stöger pfiff leise durch die Zähne, als er ihn über den Anger heraufkommen sah.

Seine Augen kniffen sich zusammen, und er musterte die Gestalt des stämmigen Burschen, der da langsam auf das Haus zukam, mit aller Genauigkeit. Er war nicht groß und nicht klein, der Peter. Sein volles Gesicht war leicht gerötet von der scharfen Luft, seine Schultern liefen breit aus. Ja, ein untersetzter, stämmiger Kerl war es, das konnte man wohl sagen. Auch sonst dürfte er nicht übel sein. Rasch überschlug der Stöger die Höhe der Mitgift, die der Peter wohl mitbekommen könnte als zweiter Sohn des Geibl von Rüsching.

Da klopfte es schon an die Tür, und der Freier trat ein. Der Stöger tat, als sähe er das rote Blümlein im Knopfloch nicht, und sagte erstaunt:

»Ah, da schau, der Peter kommt! Setz dich nur nieder, bin ich froh, dass ich ein wenig Unterhaltung krieg. Wie geht es bei dir daheim? Alles munter?«

»Fehlt sich nichts«, sagte der Peter und legte seinen Hut umständlich auf das Fensterbrett. Dann setzte er sich an den großen Tisch.

»Wirst dir schon denken können, warum ich komme«,

meinte er nach einer Weile und stemmte die Ellbogen breit auf die Tischplatte.

Der Stöger schaute ihn ruhig an. »Ich müsst lügen, wenn ich es raten sollte.«

Der Peter lächelte daraufhin ein wenig. Er glaubte nicht, dass der Stöger es nicht schon längst erraten hätte. Aber schüchtern war der durchaus nicht und ging seiner Sache gleich keck zu Leibe.

»Du weißt ja«, sagte er, »dass daheim mein Bruder den Hof übernimmt. Einer muss fortheiraten. Und da möcht ich heute mit dir wegen der Julia reden. Dass ich nicht mit leeren Händen käm, brauch ich dir nicht zu sagen. Unser Hof dürft sogar noch ein Stück mehr wert sein als der deine. Ich hoffe nicht, dass du mir es rundweg abschlägst.«

Der Stöger wusste im Augenblick selbst nicht recht, wie er sich benehmen sollte.

»Das kommt mir ein wenig überraschend, Peter. Natürlich hab ich nichts gegen dich, aber wie ist denn das mit der Julia? Hast du ihr früher schon einmal so Andeutungen gemacht?«

Hier zeigte es sich nun, dass Peter sehr von sich eingenommen war.

»Das nicht«, sagte er. »Aber ich denke, dass es in diesem Falle für sie nicht viel zu überlegen gibt. Ich meine, einen Geibl kann man nicht alle Tage haben.«

Der Stöger verzog den Mund. Die Falten zwischen seinen Brauen verschärften sich. Breit und schwer legte er die Hand auf den Tisch.

»Es freut mich, Peter, dass du nachfragen kommst. Das ist mir eine Ehre, ganz gewiss. Aber du bringst es raus, als sei es eine Gnade. Und da muss ich dir schon erwidern, dass man auch eine Julia nicht alle Tage haben kann.«

Der Peter wurde daraufhin ein wenig kleinlaut.

»Freilich, freilich! So habe ich das auch nicht gemeint, Stöger. Ich denk, dass sich einer vor dem andern nichts zu vergeben hat. Aber du sollst mir sagen, wo sich die Julia aufhält, dass ich ihr schreiben kann.«

Der Stöger nickte und stand auf. Aus dem Wandkästchen nahm er eine Flasche und zwei Gläser. Nachdem er eingeschenkt hatte, sagte er:

»Trink, Peter. Es ist ein gutes Tröpferl. Und die Julia – ja, pass auf, am besten wird es sein, wenn ich ihr schreibe. Ich werde es gleich heute noch tun.«

»Ja, tu es, Stöger. Aber – kommt denn die Julia nicht selber bald wieder heim?«

Der Stöger wiegte ein wenig den Kopf. »Pressiert es dir mit dem Heiraten schon so?«

»Na ja, gar zu lange möcht ich nicht mehr warten. Jetzt geh ich in den Dreißiger. Weißt ja selber, da möcht man wissen, wo man hingehört.«

»Ja, ich versteh dich schon. Aber weißt, das ist so: Ich habe die Haushaltungsschule schon vorbezahlt und glaube kaum, dass man mir das Geld wieder rausbezahlt, wenn ich die Julia jetzt heimhole.«

»Na ja, die paar Mark könnte man ja verschmerzen«, meinte der Peter. »Jetzt schreibst ihr halt einmal, dann sehn wir es schon.«

Daraufhin zog der Peter ein Notizbüchlein hervor und las dem Stöger vor, was er von zu Hause alles mitbekam.

Nicht schlecht, dachte der Stöger. Soviel hätte ich gar nicht erwartet. Und er fand es an der Zeit, nochmals zu versichern, dass ihm der Antrag eine Ehre sei. Dann gingen sie in den Stall hinaus. Der Peter musterte alles mit Kennerblicken und sagte auch gleich, dass er dies und jenes anders richten würde.

Die Dämmerung war schon hereingebrochen, als der Peter sich wieder auf den Heimweg machte.

»Also, dann schreibst du ihr«, meinte er abermals unter der Haustür. »Schreibst ihr, dass ich heut da war und mir keine liebere zur Frau wüsste als sie. Weißt ja selber, was da zu schreiben ist. Schau nur, dass sie bald heimkommt. Das Ledigsein hab ich jetzt satt bis zum Hals rauf, obwohl mir ja daheim auch nichts abgeht.«

Dann ging er. Er schritt jetzt ein wenig schneller aus und fühlte sich getragen von einem großen Gefühl der Sicherheit. Das Jawort des Stöger hatte er. In Gedanken malte er es sich schon aus, was es für verwunderte Augen gäbe, wenn er die Julia – diese Julia, nach der ein Dutzend Burschen, das wusste der Peter wohl, in heimlicher Sehnsucht schmachteten – heimführen würde. Und keiner wird sie haben. Nur er, er ganz allein! Dieses stolze Bewusstsein überdeckte seine heimliche Angst, dass die Julia ihn schließlich nicht mögen könnte. Nein, er wollte es sich nicht eingestehen, aber sein Herz klopfte in Wahrheit etwas kleinmütig, eine ihm sonst fremde Ängstlichkeit bemächtigte sich seiner.

Ach was – ich habe das Jawort des Stöger, und das ist die Hauptsache, sagte er laut vor sich hin und beschleunigte den Schritt, denn vom Wald herüber zog ein heftiges Schneegestöber, und der Peter konnte es nicht recht vertragen, wenn ihm der Schnee so kalt um die Ohren wirbelte. Er zog das Genick ein und strebte schnell heimzu.

Da rauschte es vor ihm, und als er aufsah, brauste der Maximilian auf Skiern an ihm vorüber. In seiner Begleitung war das blonde Mädchen, mit dem man ihn immer sehen konnte.

Diese beiden hatten keine Angst vor dem Schneegestöber. Ihre lachenden Gesichter sagten, dass sie mit großer Freude dem weißen Element ergeben waren. Der Geibl Peter schüttelte den Kopf und stapfte mühsam weiter durch den Schnee. Er konnte nicht begreifen, dass man sich mit ein paar Brettern so die Zeit vertreiben konnte. Da wusste er die seine wahrhaftig besser zu nützen.

Plötzlich schoss ihm ein giftiger Gedanke durch den Kopf. Hatte es nicht einmal ein Gerede gegeben über die

Julia und diesen Maximilian? Er konnte sich nur mehr dunkel erinnern, aber ganz eigentümlich berührte ihn nun das. Was mochte Wahres daran gewesen sein?

Nun, er würde schon dahinterkommen, wenn Julia erst einmal sein Weib war. Vorerst war er nun zufrieden, dass er das Jawort des Vaters hatte. Und als er daheim die Stube betrat, sagte er, um alle Fragen vorwegzunehmen: »Es geht in Ordnung. Der Stöger hat eingewilligt und schreibt heute noch der Julia, dass sie heimkommen muss.«

Es zeigte sich aber bald, dass das Jawort eines Vaters eigentlich nichts ist. Die Väter bilden sich nur immer ein, dass ihnen eine besondere Macht gegeben sei.

Der Stöger wenigstens musste nach wenigen Tagen schon einsehen, dass er keine Julia mehr vor sich hatte, über die er nach seinem Belieben bestimmen konnte. Es trieb ihm sogar die Schamröte ins Gesicht, als er den Brief las, in dem unter anderem stand:

»Das ich mich aber an einen Mann vergeben lasse, der nicht den Mut hat, es mir selber zu sagen und sich hinter Dich steckt, das kann doch der Vater im Ernst nicht glauben. Der Vater muss wissen, dass ich jetzt mündig bin und mich nicht verschachern lasse. Fast möchte es mir leid tun, dass der Vater mich so wenig kennt. Aber ich habe nur einmal einen geliebt, und bei dem bleibt es. Ganz gleich, wenn der Maximilian mich auch im Stich gelassen hat, ich werde trotzdem nur ihn lieben bis an mein Ende. Und hat der Vater etwa vergessen, dass ja auch das Kind da ist, der kleine Maximilian? Wenn Du dem Peter das verschwiegen hast, ich müsste es ihm sagen. Und wenn Du es willst, so schreibe ich es ihm selber, wie es um mich steht. Auch möchte ich Dich in diesem Zusammenhang gleich bitten, mir nicht immer so abstoßende Dinge von Maximilian zu schreiben. Ich lese selbst die Zeitung und weiß, was aus ihm geworden ist. Ich brauche mich nicht zu schämen, ihm einmal gehört zu haben. Er ist jedenfalls ein ganzer Kerl, an dem sich der Geibl Peter ein Beispiel nehmen sollte, bevor er zum Freien geht.«

Ja, solches schrieb die Julia dem Vater! Und er ging am Sonntag im Dorf drunten dem Geibl Peter aus dem Wege. Aber nach der Kirche stellte der sich bei der Schmiede ihm so breitbeinig in den Weg, dass der Stöger ihn wirklich nicht mehr übersehen konnte. Er riss sich zusammen und lachte derb.

»Ah, kann mir's schon denken, Peter, auf was du wartest. Ist noch keine Antwort da. Weißt, sie wird es sich halt gerade überlegen, die Julia. Vielleicht kommt morgen schon eine Post.«

Der Peter meinte verdrossen: »Was braucht es denn da noch lange zu überlegen?«

»Na ja, über das Knie kann man das Heiraten doch auch nicht brechen«, antwortete der Stöger und puffte den anderen freundschaftlich in die Seite.

Am nächsten Sonntag aber wartete der Peter wieder. Diesmal konnte der Stöger doch nicht mehr gut sagen, dass noch keine Antwort gekommen sei. Er nahm den Peter mit auf die Seite.

»Also geschrieben hat sie jetzt«, sagte er. »Aber sie kann jetzt nicht weg dort. Ein Jahr musst dich mindestens noch gedulden.«

Der Peter verzog den Mund. »Ein ganzes Jahr noch?«

»Deswegen brauchst den Kopf nicht hängen zu lassen«, sagte der Stöger. »Ein Jahr ist nicht lang.«

»Ja, aber, hat sie wenigstens geschrieben, ob sie mich mag oder nicht?« wollte der Peter wissen.

Der Stöger lachte. »So was schreibt man doch nicht gleich. Das muss ich dir freilich selbst überlassen. Mit dreißig Jahren wirst doch wissen, wie man um ein Dirndl wirbt.«

»Ja, ja«, sagte der Peter. »Das krieg ich dann schon hin.«

Er war aber selber nicht mehr ganz überzeugt davon. Es war nun doch nicht alles so gegangen, wie er es sich gewünscht hätte. Aber er sagte, dass er halt dann eben noch ein Jahr warten müsse.

Der Stöger jedoch trug sich mit der Hoffnung, dass dem Geibl Peter in diesem Jahr eine andere unterkommen möge. Ihm wäre dies am liebsten gewesen, denn ein Jahr war schnell vorüber, und dann konnte er doch nicht wieder eine Ausrede finden.

Sehr zum Leidwesen des Skiclubs Flurs, der in diesem Winter ungeahnte Erfolge für sich buchen konnte, kam nun der Frühling über die Bergkette herein. Gar manche lagerten ihre Ski ein und bewahrten sie für den nächsten Winter auf. Der Brunner Maximilian aber noch lange nicht. Hoch droben gab es noch Schnee genug. Ja, selbst im Sommer brauchte er diesen Sport nicht aufzugeben. Schon winkten die Glocknerrennen, die Läufe auf der Marmolada, die Abfahrtsläufe am Stilfser Joch und viele andere mehr. Zum Riesentorlauf am Klausen in der Schweiz, das im Juni stattfinden sollte, hatte Maximilian ebenfalls Starterlaubnis erhalten, und so kam er gar nicht in Versuchung, seine Bretter aufzuspachteln und zu verwahren, bis es wieder Winter wurde.

Mary Petersen war wieder auf der Universität, doch trafen sie sich in der Woche einmal, und die Sonntage hatten sie ganz für sich.

Maximilian Brunner war Jäger geworden. Wahrhaftig, das hätte er sich nie träumen lassen, dass er einmal eine Büchse tragen würde mit fünf Patronen in der Kammer, mit einem edlen, matt glänzenden Lauf und einem Schloss, das sich mit einem harten Laut hinter der Patrone schloss.

Es war wirklich viel, nach all den Bitternissen der vorausgegangenen Jahre. Seine Mutter war darüber gestorben und hatte nicht mehr erleben dürfen, wie der Sohn sich nun als freier und allseits geachteter Mensch in geordnete Verhältnisse hineinlebte. Sie hatte nicht mehr erleben dürfen, wie in diesen Frühlingstagen nun das morsche Holz der alten Jagdhütte von den geschickten Händen der Zimmerleute weggetragen wurde und ein neues Haus mit Ziegelsteinen im Unterbau und oben mit schön geschlagenen Balken erstand.

Maximilian musste sich wohl in Schulden stürzen dabei. Aber ohne Schwierigkeiten wurde ihm Geld vorgestreckt zu niedrigem Zinssatz. Wo man ihn vor einem Jahr noch höhnisch abgewiesen hätte, kam man ihm jetzt freundlich und mit größtem Wohlwollen entgegen.

Und so konnte er fröhlich als Jäger durch den Wald gehen, ohne große Sorgen um die Zukunft, und ohne dass Sorgen über ihn herfielen. Hinter ihm lag alles Schwere, und vor ihm war ein ruhig lächelndes Glück mit Mary, die an den Samstagnachmittagen kam und die Einsamkeit aus seinen Abenden fortzauberte.

Zuweilen, wenn er jetzt so allein durch die Wälder streifte, fragte er sich, wie denn das mit Mary weitergehen sollte. Hatte er überhaupt ein Recht, dieses Mädchen aus vornehmsten Kreisen in seine einfache Welt hereinzuziehen? Würde sie sich darin zurechtfinden, ein ganzes Leben lang? Maximilian nahm diese Frage durchaus ernst, denn es strömte in diesen Tagen so viel reines und ungetrübtes Glück von dem Mädchen auf ihn über, dass er sie am liebsten für immer um sich gehabt hätte. Und doch hielt er mit dieser entscheidenden Frage ängstlich zurück. Er wusste wohl, dass Mary ihm ohne Bedenken überallhin gefolgt, dass sie schließlich auch seine Frau geworden wäre.

Aber was wohl ihr Vater dazu sagen würde?

Nach Marys Erzählungen war wohl anzunehmen, dass er nicht die Art hatte, ein Glück mit den Fäusten auseinanderzuschlagen. Solche Herren pflegten auf andere, viel einfachere Weise Bindungen zu lösen, die nicht nach ihrem Sinn waren.

Nun, Maximilian hatte das schon einmal erlebt und war damit fertig geworden. Sollte es sich ein zweites Mal begeben, so war er eben schon dagegen gewappnet.

Was wohl aus Julia geworden sein mochte? Maximilian drängte zwar jedes Mal gewaltsam jeden Gedanken an sie zurück, aber oft erwog er die Möglichkeit, dass sie einander plötzlich wieder begegnen könnten. Julia konnte doch nicht zeitlebens fortbleiben. Es war doch der Hof da, dessen Erbin sie war. Und Maximilian wusste auch, was dann die erste Frage an sie wäre. Er hatte ein Recht zu fragen.

Wenn sie selbst auch von ihm nichts mehr wissen wollte, dass sie ihn aber auch von dem Kind fernhalten wollte, das könnte er nicht ertragen.

– 14 –

An einem Abend, als die Birken in pfingstlicher Herrlichkeit standen und die Bergwiesen weiß waren vor lauter Narzissen, saß Julia auf der Hausbank und hatte die Hände müde im Schoß gefaltet. Sie schaute dem kleinen Maximilian zu, der vor ihr im Gras herumkrabbelte und das Mäulchen vor Staunen weit offen hielt, weil die vierzehn jungen Kücken mit einem Schlag unter den Flügel ihrer Mutter verschwinden konnten, als ein großer Habichtsvogel über dem Holsterhaus kreiste.

Ganz ruhig schien Julia zu sein, aber in ihrem Herzen war ein nagender Schmerz wie noch nie. Denn heute war sie Maximilian begegnet. Sie war drunten in Innsbruck gewesen, und da sah sie ihn an der Seite eines bildschönen Mädchens daherkommen.

Sie hatte sich schnell in eine Hausnische gedrückt. So

ging er an ihr vorüber und hatte keine Ahnung, wie nahe sie ihm war. Das blonde Mädchen hing an seinem Arm, und an seinem hellen, aufgeschlossenen Gesicht konnte sie erkennen, dass er glücklich war.

In geringem Abstand war sie dem Paar gefolgt, das dann im Garten des Cafés Hiebl verschwunden war. Aber auch hier konnte Julia der Versuchung nicht widerstehen. Sie ging ihnen nach und fand ein Tischchen, von dem aus sie, durch eine Geißblattlaube verdeckt, die beiden beobachten konnte. Und dabei war ihr zumute gewesen, als müsste sie hingehen und den Mann fragen, ob er sie vergessen hätte. Aber ihre Füße waren wie gelähmt.

Die Bedienung kam und fragte nach ihrem Wunsch. Sichtlich erschrocken bestellte sie dann irgendein Getränk, von dem sie hernach kaum wusste, was es war.

Sonderbarerweise empfand sie gar keinen Zorn gegen das Mädchen, das seine Hand so vertrauensvoll in die Maximilians schmiegte. Es hatte sicherlich keine Ahnung, wem es sein Vertrauen schenkte.

Julia hatte nach einer Weile unbemerkt, müde und gedemütigt den Garten verlassen, war weitergegangen, immer weiter, über den Berg Isel, an dem um diese frühe Nachmittagsstunde fröhlich die Stutzen krachten, war bergauf der rauschenden Stille gefolgt, bis sie gegen Abend endlich wieder in das stille Navistal gelangte.

Nun saß sie hier auf der Bank und überdachte noch einmal alles. Sie war hinuntergegangen zur Stadt, um wieder einmal Menschen zu sehen und Freude zu finden an all dem, was ihr einst gefallen hatte: schöne Läden, frohe Menschen, Getriebe und Leben in allen Gassen.

Stattdessen war sie nun zu dem Entschluss gekommen, endgültig einen Strich zu ziehen unter alles, was gewesen war. Immer noch war ein Stückchen Glauben in ihr gewesen, dass noch einmal alles gut werden könnte. Ja, sie war heute sogar in der törichten Hoffnung durch die Straßen gewandert, Maximilian zu begegnen. Es gab doch so viele Zufälle im Leben.

Das Schicksal musste gewusst haben, wie groß ihre Sehnsucht nach diesem Mann war, und darum hatte es ihn ihr in den Weg geführt. Freilich anders, als sie es sich gewünscht hatte.

Ganz allein saß sie auf der Bank vor dem Haus. Der Holster war mit Weib und Kindern über die Felder gegangen. Schon flimmerte der erste Stern über den Gipfel der Serlesgruppe, und vom Brenner herab begann der Wind schärfer zu wehen. Und in dieser Stunde zwischen Abend und Nacht geschah es, dass eine stille und schwermütige Trauer Julia überkam und dass sie sich zu einem Verzicht durchrang. Einmal war das Glück zu ihr gekommen. Das war vergangen, gar zu schnell vergangen. Aber die Erinnerung daran würde sie durch ihr Leben tragen, und wenn sie uralt werden sollte.

Als sie vom Wegrand herüber die Stimmen der Heimkommenden hörte, nahm sie den kleinen Maxi auf den Arm und flüchtete sich mit ihm in die Geborgenheit ihrer Kammer.

In der Pfingstwoche fand Knut Sörensen, als er vom Kolleg heimkam, in seinem Zimmer eine Visitenkarte des Herrn Petersen vor. Auf der Rückseite stand geschrieben, dass er ihn bäte, im Hotel Maria Theresia vorzusprechen.

Sörensen hatte Mary gegenüber nie wieder erwähnt, dass er sie liebe. Er traf sie fast täglich, sie plauderten zusammen wie in früheren Tagen, tranken zuweilen auch irgendwo eine Tasse Kaffee, aber das Gespräch blieb immer irgendwie oberflächlich.

Da lag nun diese Karte, und Sörensen fand nicht einmal Freude daran, denn er war nun notgedrungen gezwungen, Marys Vater eine Erklärung abzugeben. Der alte Herr musste ganz unverhofft gekommen sein, denn Mary hatte ihm vorhin auf dem Heimweg nichts davon gesagt, dass sie ihren Vater erwartete.

Ein paar Stunden später empfing Herr Petersen ihn in seinem Zimmer in der ersten Etage, streckte ihm freundlich beide Hände entgegen und begann sogleich auf den Grund seines Besuches zu kommen.

»Mary weiß noch nichts von meiner Ankunft«, sagte er. »Ich wollte zunächst mit Ihnen allein sprechen, lieber Sörensen. Sie werden ja wissen, dass Ihr Vater schon bei mir war, und es wäre soweit alles in schönster Ordnung, wenn mir das Mädel in letzter Zeit nicht Briefe geschrieben hätte, aus denen ich nicht recht klug werde. Sagen Sie, Sörensen, kennen Sie einen gewissen Maximilian Brunner?«

Sörensen sah überrascht auf. Dann nickte er. »Ja, ich kenne ihn.«

»Ja, was ist denn mit ihm? Aus Marys Briefen könnte man fast entnehmen, dass sie ihn liebt?«

Sörensen schloss für eine Sekunde die Augen. Dann richtete er sich auf und sah Herrn Petersen ruhig an: »Ja, Herr Petersen, es ist so – Mary liebt Maximilian Brunner. Ich kam mit meiner Werbung zu spät.«

»Tja, das ist ja mehr als merkwürdig«, sagte Petersen betroffen und begann aufgeregt das Zimmer zu durchschreiten. »Wer ist denn dieser Brunner? Ich kann Mary nicht recht verstehen. Was halten Sie denn von dem Mann, Sörensen? Ich wäre Ihnen aufrichtig verbunden, wenn Sie mir reinen Wein einschenken würden.«

Ein gequältes Lächeln glitt über Sörensens schmales Gesicht. Er verschränkte die Finger ineinander, deren Unruhe sonst verraten hätten, wie unangenehm ihm dieses Verlangen war. Dann hob er die Augen.

»Herr Petersen! Ich könnte jetzt als abgewiesener Liebhaber sozusagen ungünstig über Brunner aussagen. Aber ich tue es nicht und würde es auch nie tun, denn

Brunner ist ein hochanständiger Kerl. Ich achte und schätze ihn vor allem als Sportler. Man muss ihm gut sein, und ich kann Mary verstehen. Allerdings, er lebt in bescheidenen Verhältnissen, doch das ist ja nicht seine Schuld. Ich würde es für richtig halten, wenn Sie den Mann selber kennenlernen würden, bevor Sie mit Mary darüber sprechen.«

»Ich danke Ihnen, lieber Sörensen. Ich werde es morgen gleich tun. Bis dahin soll Mary von meiner Anwesenheit nichts wissen. So – und nun Schluss mit der Sache. Für heute bitte ich Sie, mein Gast zu sein.«

– 15 –

Maximilian Brunner wunderte sich nicht im Geringsten, als er am nächsten Vormittag von der Pirsch zurückkam und einen fremden Herrn auf der Bank vor seiner Jagdhütte sitzen sah. Es geschah häufiger, dass ein Fremder hier ein wenig zu Rast verweilte.

Maximilian dankte für den freundlichen Gruß, sperrte die Hütte auf, legte Rucksack und Büchse ab und setzte sich nach einer Weile zu dem freundlichen alten Herrn auf die Bank. Ja, er bot ihm sogar eine Erfrischung an und fragte, wohin der Herr heute noch wolle.

»Oh, nicht mehr weit«, sagte Petersen. »Ich will nur hier eine Weile ausruhen und dann wieder abwärtsgehen. Schön ist es hier. Wohnen Sie immer hier oben?«

»Den Sommer über schon«, sagte Maximilian. »Aber weiter drunten hab ich selber ein kleines Haus, das jetzt gerade im Umbau ist. Dort lebe ich im Winter.«

»Ah, ich verstehe«, lächelte Petersen. »Sie richten zuerst das Haus her, und dann werden Sie eine junge Jägerbraut heimführen, was?« Er lachte wieder vertraulich und zog dann sein Zigarrenetui. Ob er dem Herrn Jäger vielleicht eine Zigarre anbieten dürfe, fragte er.

Maximilian lehnte ab, er sei Nichtraucher. Seit er Sport trieb, verzichtete er sogar auf seine geliebte kurze Pfeife. Auf die Frage nach der Jägerbraut ging er nicht ein.

Aber der alte Herr wollte gerade dies wissen und fragte deshalb nochmals, ob zu diesem Zweck sein Haus frisch aufgeputzt würde.

Maximilian lachte jetzt unbekümmert. »Oh, das hat noch Zeit. Ich bin ja noch jung und möcht warten, bis mir das Gehalt aufgebessert wird. Der Lohn ist im Forstdienst nicht gerade hoch, und wenn ich heirate, dann ist der Zehner bloß mehr einen Fünfer wert. Wenn dann gar noch Kinder kämen! Nein, nein, es pressiert mir noch gar nicht mit dem Heiraten!«

Nun wollte der Gast wissen, wieviel er denn verdiene.

Weil der Maximilian den Herrn wirklich recht leutselig und vertrauenswürdig fand, glaubte er keine Ursache zu haben, ihm etwas von seinem Leben als Jäger verschweigen zu müssen.

Herr Petersen hatte großes Wohlgefallen an diesem jungen Menschen und konnte seine Tochter schon begreifen. Aber für ihn – und auch für Mary – stand schließlich Größeres auf dem Spiel. Es musste darum so schnell wie möglich ein klarer Trennungsstrich gezogen werden. Petersen wusste im Augenblick nur noch nicht, wie er das bewerkstelligen sollte, ohne es allzu schmerzhaft sein zu lassen.

Er war eigentlich mit dem festen Vorsatz hierher gekommen, ruhig und vernünftig mit dem Manne zu sprechen, ihm klarzulegen, dass es doch nicht so einfach sein würde, ein freies Jägerleben einzutauschen gegen den Aufgabenkreis eines Handelsherrn. Zu dem gehörte eben doch langjährige Erfahrung. Man musste von klein auf darin aufgewachsen sein, um die Zügel eines weitverzweigten Unternehmens fest in der Hand zu haben.

Aber nun wusste er, dass er es nicht tun können würde. Er musste versuchen, Zeit zu gewinnen, und hatte seinen weiteren Plan schon gefasst.

»Könnten Sie eigentlich von hier fortgehen?«, fragte er so nebenbei. »Ich glaube, wer hier einmal zu Hause ist, der kann sich nicht trennen von den Bergen.«

Ohne lange zu überlegen, schüttelte Maximilian den Kopf.

»Da brächte mich kein Mensch weg, Herr. Sehen Sie, ich war diesen Winter oft weit fort, aber am schönsten ist es doch immer hier. Drunten das Häusl, das jetzt umgebaut wird, das hat schon meinem Vater gehört. Dort bin ich zur Welt gekommen, dort ist meine Mutter gestorben. Um keinen Preis der Welt möcht ich es für immer verlassen oder es gar verkaufen.«

Herr Petersen fand das auch ganz in Ordnung. Wohl eine gute Stunde saß er noch bei dem Jäger und verabschiedete sich dann mit herzlichen Worten.

Mary wollte gerade nach Flurs fahren, als der Vater unverhofft bei ihr eintrat. Ihr Mund blieb zunächst eine Weile starr vor Freude und Überraschung. Aber dann stürzte sie in seine Arme.

»Wie schön, Vater, dass du mich überrascht hast! Wann bist du denn angekommen?«

»Vor einer Stunde«, sagte er in aller Seelenruhe. »Ich bin allerdings nur auf der Durchfahrt und muss morgen früh weiter nach Italien.«

»Oh, schade. Kannst du denn wirklich nicht einige Tage bleiben?«

»Geht nicht, Kind. Geschäftlich lässt es sich nicht ermöglichen. Aber ich habe eine Überraschung für dich: Du sollst mich begleiten, Mary.«

»Fein. Aber« – sie blickte schnell auf die Uhr an ihrem Handgelenk – »wann wollen wir fahren?«

»Morgen früh mit dem ersten Schnellzug. Du wirst noch heute packen müssen.«

Mary zögerte. Sie freute sich plötzlich gar nicht mehr. Wenigstens hätte sie Maximilian noch verständigen müssen.

»Oder ist da etwas, das dich hier zurückhielte?«

Ein verräterisches Rot stieg in Marys Wangen.

»Ach so, ich verstehe«, sagte Herr Petersen. »Dieser Maximilian Brunner, von dem du mir so viel geschrieben hast. Stimmt es? Seinetwegen würdest du auf die herrliche Fahrt verzichten?«

Da hängte sie sich wieder an seinen Hals. »Du musst ihn kennnenlernen. Er ist ein prächtiger Mensch.«

»Ja, ja, natürlich. Aber das hat doch Zeit, bis wir zurückkommen. Die acht oder zehn Tage sind doch keine Ewigkeit.«

Nun gab sie sich zufrieden und begann in aller Eile zu packen, während ihr Vater sich in einen Sessel setzte.

»Übrigens, kannst du Sörensen nicht verständigen, dass er das Abendbrot mit uns einnimmt?«

»Doch, das kann ich schon tun.«

»Wie stehst du dich eigentlich mit ihm?«

»Sehr gut, Vater. Er ist ein sehr verlässlicher Kamerad. Nur – er hat dir doch einmal geschrieben? Weißt du, das war nichts, Vater. Er hat auch seitdem nie mehr etwas gesagt zu mir.«

Petersen gab darauf keine Antwort mehr, und als sie eine Stunde später zu dritt im Hotel beim Abendbrot saßen, war von nichts anderem mehr die Rede als von der Fahrt nach Italien, die sich Mary schon als Kind immer gewünscht hatte.

Sie brachten Mary gemeinsam nach Hause. Und dann hatten Petersen und Sörensen noch eine kurze Unterredung.

»Alles, was Mary hier zurücklässt, schicken Sie heim zu uns, lieber Sörensen. Bis zum Herbst werde ich mit ihr in Italien bleiben. Bis dahin wird sie sicher begriffen haben, dass sie als Erbin meiner Firma gewisse Rücksichten zu nehmen hat, so sympathisch mir dieser Maximilian Brunner auch war. Also, Hals- und Beinbruch, lieber Sörensen. Es wird schon alles recht werden, verlassen Sie sich darauf.«

Mit einem festen Händedruck schieden sie.

– 16 –

Die Jahre vergingen. Mary Petersen war nie mehr zurückgekommen.

Maximilian hatte das geahnt, als sie ohne Abschied von ihm fortgegangen war. Dieses Glück hatte von vornherein schon so ausgesehen, dass es sich nicht halten ließ. Aber er war dem Mädchen nicht böse gewesen, das ihm so viele Tage verschönt hatte, das in der schwersten Zeit seines Lebens so tapfer zu ihm gestanden hatte.

So saß der Jäger Maximilian Brunner viele Abende allein vor seinem Haus, das nun längst fertig war und freundliche grüne Fensterläden hatte, und träumte vor sich hin. Mary hatte aufgehört, sein guter Kamerad zu sein. Wenn sie auch im letzten Brief – das war nun ein halbes Jahr her – schrieb, dass sie ihn nie vergessen würde. Was half das ihm schon?

Er hatte gelächelt über diesen letzten Brief, hochmütig und kalt, wie es seine Art geworden war. Die Welt brach auch über dieser zweiten Enttäuschung nicht zusammen. Es geschahen in ihr wahrscheinlich noch ganz andere Dinge.

Und weil der Jäger inzwischen auch noch weit herumgekommen war und durch seine Bretter viele Siege nach

Flurs brachte, hatte er inzwischen vollends begreifen gelernt, dass Mary Petersens Welt doch ganz anders war als die seine hier. Oh, er verstand sie jetzt sehr gut und wollte ihrer stets dankbar gedenken. Sie hatte ihn in keine Nacht hineingestoßen, sondern ein freundliches Licht in seiner Seele zurückgelassen, das er sich immer hervorrief, wenn düstere Gedanken ihn überfallen wollten.

In diesem Herbst geschah es, dass der Stögerbauer von einem stürzenden Baum erwischt wurde. Obwohl die Knechte ihm rechtzeitig eine Warnung zuriefen, kam er nicht mehr aus dem Bereich der Äste, und einer davon lag ihm quer über der Brust und drückte ihm ein paar Rippen ein.

Es sah schlimm aus um ihn, und Maximilian Brunner erfuhr, dass Julia deswegen heimgekommen war, um den Vater, der auf Leben und Tod lag, zu pflegen.

Das war nicht gut für den Jäger, die Julia nun so nah zu wissen. Es warf Unruhe in sein Blut. Und ohne dass er es eigentlich wollte, kam er einmal in die Nähe des Hofes. Da sah er sie mitten im Hof stehen, groß und aufrecht. Die Sonne flimmerte in ihrem Haar. Mit ihrer dunklen, aber sehr festen Stimme rief sie den Knechten etwas zu und verschwand dann wieder im Haus.

Maximilian ging nun nicht mehr dorthin. Nein, er war lieber im Wald, stieg in gefährliche Wände und kam am späten Abend todmüde nach Hause.

Aber es ließ sich nicht umgehen: Eines Abends begegnete er ihr doch unverhofft.

Er traf sie auf dem Weg zum Dorf, als er hinunterging, weil im Skiclub eine wichtige Besprechung stattfand.

Er sah sie schon von weitem, und doch war es schon zu spät, um unbemerkt ausweichen zu können. Er hatte sich ja auch wirklich nichts vorzuwerfen; denn sie war es ja gewesen, die ihn treulos im Stich gelassen hatte.

So stemmte er die Fäuste in die Hosentaschen. Das gab

seinem Schritt Gewicht –, Breite und Sicherheit. Mit keinem Blick wollte er sie ansehen.

Auch Julia hatte ihn längst bemerkt, und unwillkürlich griff sie nach dem Herzen. Aber dann wurde ihr Gesicht streng und verschlossen. Hatte sie sich vor ihm zu schämen? Er war es doch, der auf keinen ihrer Briefe geantwortet hatte und sie in ihren schwersten Tagen alleingelassen hatte.

Nun waren sie plötzlich nebeneinander. Maximilian nahm die Hände aus den Hosentaschen und zögerte, weiterzugehen.

Sie trat ein wenig zur Seite, weil er mitten auf dem Weg stand, und wollte vorbeigehen. Da sagte er:

»Du – ich möchte dich etwas fragen.«

Halb abgewandt blieb sie stehen. Ihr Blick verdunkelte sich wie ein See am Abend. Sie sah an ihm vorbei.

»Was hast du zu fragen?«

Wie fremd ihre Stimme klang! Wie kalt ihr Blick auf ihm ruhte! Und doch war ihm, als hätte er sie noch nie so schön gesehen.

»Was ist mit – dem Kind?«

Ihre Augen wurden schmal. »Es ist gestorben.«

Und ehe er etwas sagen konnte, ging sie von ihm weg und warf keinen Blick zurück, denn sie spürte, dass der Mann ihr nachsah.

Ja, er stand noch dort, bis sie hinter der Wegbiegung verschwunden war. Und als er sich endlich umwandte, war sein Gesicht fahl.

Drunten in der Versammlung war er mit seinen Gedanken gar nicht bei der Sache, obwohl immer wieder Fragen an ihn gerichtet wurden. Sie wollten nichts unternehmen, ohne dass Maximilian vorher seine Meinung abgegeben hatte.

Als die Besprechung endlich beendet war, ging Maximilian sofort heim.

So also war das. Das Kind war gestorben. Aber sie hatte es nicht für nötig erachtet, ihn das wissen zu lassen. Nun gut. Bei einem weiteren Treffen brauchte man überhaupt nicht mehr miteinander reden. Aber nach Möglichkeit würde er jede weitere Begegnung überhaupt vermeiden.

Er rechnete nach, wie lange es nun eigentlich schon her war, dass er Julia im Arm gehalten hatte. Über vier Jahre waren seitdem vergangen. Wie schnell doch die Zeit verstrich.

Im Stögerhof sah Maximilian ein einziges Licht schimmern. Nur ganz matt schimmerte es zur Höhe herauf. Es musste wohl in der Krankenstube des Stöger sein, um den es immer noch nicht zum Besten stehen sollte.

Maximilian wandte sich ab und schritt in den Wald. Es war nicht gut, so nahe bei Julia zu wohnen. Weiß Gott, es war wirklich nicht gut.

Dieses Licht aber auf dem Stögerhof brannte in Julias Kammer. Bis in die späte Nacht hinein dauerte es, ehe sie sich von dem Schreck erholt hatte, den diese unerwartete Begegnung in ihr hervorgerufen hatte. Sie hatte schon immer Angst gehabt, den Maximilian einmal zu treffen. Noch mehr Angst aber vor der Frage, die sie hatte kommen sehen. Und obwohl sie diese Frage mit einer Lüge beantwortet hatte, war ihr zumute wie jemandem, der einer schweren Last ledig geworden war.

Was hätte es auch für einen Sinn gehabt, ihm die Wahrheit zu sagen, wo der Bub doch drüben im Navistal geblieben war? Niemand wusste, wie schwer es ihr geworden war, ihn dort zurücklassen zu müssen. Aber es war doch schließlich nicht so einfach, mit einem Kind heimzukommen auf den väterlichen Hof, weil die Klatschbasen es sich dann leicht ausrechnen hätten können, weshalb sie damals eigentlich fortgegangen war. Der wahre Grund, weshalb sie ihn nicht mitgebracht hatte, war aber, dass sie fürchtete, Maximilian Brunner würde dann irgendwelche Rechte beanspruchen, die ihm nicht zustanden; denn er hatte sich ja damals, als sie in ihrer Not allein stand, auch nicht mehr um sie gekümmert.

Zwischen ihr und dem Vater war seit ihrer Heimkehr über Maximilian noch kein Wort gefallen. Der Mann lag schwer zerschlagen im Bett, und sein dichter schwarzer Vollbart bekam in diesen Tagen die ersten silbernen Fäden. Julia erkannte wohl, dass sie nun hierbleiben musste, denn sie hatte arge Missstände im Haushalt angetroffen und die Wirtschafterin gleich am zweiten Tag davongejagt, denn es war nicht schwer, festzustellen, dass diese in die eigene Tasche gearbeitet hatte.

Und dann war Julia beim Betreten des Hofes ein froher und zugleich kühner Gedanke durch den Kopf gegangen. Dieses hier, so empfand sie, dieses hier ist meine Heimat. Es gilt, sie zu erhalten für meinen Sohn Maxi, der das Geschlecht der Stöger einst weitertragen wird. Der Gedanke bewegte sie tief und ließ sie sofort wieder ganz daheim sein.

Nun, da sie den Vater aufopfernd pflegte, erholte er sich allmählich. Sein Atem ging schon freier, er hatte wieder Hoffnung, dem Tod ein Schnippchen geschlagen zu haben.

Er konnte nach ein paar Wochen bereits vor das Haus in die Sonne getragen werden, die noch warm über dem Lande lag.

Ja, es waren noch sonnige Tage, wenn auch da und dort aus dem dunklen Grün der Wälder das leuchtende Rot einer Buche sich erhob und das sommerselige Brummen der Insekten leiser und seltener wurde.

An solch einem Tag kam gegen Abend der Geibl Peter auf den Stögerhof. Er war zwar ein wenig verschnupft, dass der Stöger ihn nicht sogleich von Julias Heimkehr hatte verständigen lassen. Dessen ungeachtet aber hatte er auch heute wieder ein rotes Blümlein im Knopfloch, und es konnte ihm gewiss nicht nachgesagt werden, dass er sich nicht zäh und ausdauernd um Julia bemühte, hinter der der Stögerhof als Beigabe winkte.

Der Stöger saß in seinem Lehnstuhl und hatte die Zeitung im Schoß liegen. Als der Hund anschlug, blickte er auf den Weg hinunter und runzelte die Brauen.

»Der hätte sich schon längst nach einer anderen umschauen können«, murmelte er und griff nach dem Stock, um sich ein wenig aufzurichten.

Als der Peter auf ihn zutrat und fragte, wie es ihm gehe, nickte er nur kurz und deutete mit dem Daumen über die Schulter nach dem Haus.

»Geh nur hinein, die Julia ist drinnen.«

Der Peter wurde ein wenig verlegen, zupfte an seiner Jacke herum und sagte mit einem tiefen Atemholen:

»Also, dann probier ich halt mein Glück. Nein wird sie doch nicht sagen?«

»Das weiß ich nicht«, antwortete der Stöger und wünschte sich in diesem Augenblick nichts, als aufstehen zu können, um fortzugehen, damit er diesem Burschen nicht Rede und Antwort stehen brauchte, wenn er als Abgeblitzter aus dem Haus kommen würde.

Da hörte er schon Julias dunkle Stimme aus der Stube: »Es tut mir leid, Peter, dass du den Weg hast umsonst machen müssen, denn ich hab nicht im Sinn zu heiraten. Dich nicht und keinen.«

»Ja – aber, ich mein, anhören sollst mich doch«, stotterte der junge Geibl.

»Das hat gar keinen Sinn, Peter. Ich hab dir meine Meinung schon gesagt. Wenn du sonst noch etwas hast: Draußen vor dem Haus sitzt der Vater.«

Damit ging Julia hinaus und machte sich in der Küche zu schaffen.

Nach einer Weile kam der Peter heraus. Der Stöger schloß die Augen, als schliefe er. Das störte aber den Peter nicht, und er fuchtelte vor dem Gesicht des Stöger mit der Faust umher.

»Deswegen hab ich die ganzen Jahre gewartet, dass ich mir jetzt einen Korb hole! Was ist denn jetzt mit deinem Recht als Vater? Hast immer gesagt, ich brauch mich um nichts zu kümmern, es wird schon recht werden und so weiter.«

Der Stöger konnte nicht viel anfangen mit dem aufgeregten Mann. Ja, im Innern freute es ihn sogar, dass diesem hochmütigen Geibl Peter eine Abfuhr zuteil geworden war.

»Ich hab dir bloß gesagt, dass ich damit einverstanden wäre. Wenn aber die Julia dich nicht will, dann kannst du von mir nicht verlangen, dass ich sie dazu zwinge.«

»Aber einwirken auf sie hättest du können.«

»Was heißt da einwirken! Die Julia lässt sich nicht viel hineinreden. Darin ist sie ein Stögerschädel, weißt.«

»Soll nur recht hochnäsig sein jetzt, dann bleibt sie übrig!«, sagte der Peter gehässig.

»Das wird sich noch zeigen«, antwortete der Stöger und griff sich in den Bart. »Wenn ich sie so betrachte, dann muss ich schon sagen, dass ihr nur wenige das Wasser reichen können in der näheren Umgebung. Sie kann sich schon sehen lassen, und ich glaube, wenn sie möchte, könnte sie zehn Hochzeiter für einen haben. Zudem ist ja der Stögerhof als Dreingabe auch kein Pappenstiel.«

»Von mir aus schon, aber mich siehst du nimmer!«, stiess der Peter zornig hervor und riss das rote Blümlein wütend aus seinem Knopfloch, als ob das etwas dafür könnte. Dann ging er schnell den Berg hinunter.

Der Stöger sah ihm nach, und es freute ihn wieder, dass dieser Peter keine Gnade vor Julia gefunden hatte.

Inzwischen war die Sonne am Ende ihrer Tagesreise

angelangt. Purpurne Röte übergoss in flammenden Strömen Berge und Wälder. Der Stöger hatte sich wieder in den Stuhl zurückgelehnt und sah zu, wie die Dämmerung gegen das letzte Leuchten zu kämpfen anhub, wie sie die letzte Helle auf der Lafotschagruppe zurückdrängte, sich breit machte und dann über sich einen kleinen Stern aufflimmern ließ. Der zuckte und blinzelte zunächst eine Weile wie verängstigt, brannte aber dann als ruhig verklärtes Licht.

In dieser Stunde kamen dem Stöger nun zum ersten Mal Gedanken, die er sonst immer abzuschütteln pflegte. Er erlebte wieder den Augenblick, da der stürzende Baum nach ihm griff. Es hätte leicht sein Leben auslöschen können, und er hätte gar keine Zeit mehr gehabt, darüber nachzudenken, ob er sein Leben auch richtig gelebt hatte.

Gewiss, er hatte gut gewirtschaftet, er hatte seine Knechte gut bezahlt und war immer ehrlich mit den Steuern. So weit war nichts in seinem Leben, deswegen er vor jemandem die Augen hätte niederschlagen müssen.

Oder doch?

Was war dann das immer für ein sonderbares Gefühl, wenn er manchmal Julia mit einem ganz abgewandten Blick stehen sah? Dann fragte er sich unwillkürlich, ob er nicht doch zu schwer in ihr junges Leben eingegriffen habe. Wenn er heute den Maximilian so betrachtete, wirklich, das war ein strammer Bursche, und er wüsste keinen, der besser zu der Julia passen könnte. War er damals nicht doch zu jähzornig gewesen?

Abwehrend schüttelte der Bauer den Kopf.

Der Maximilian hatte hinter seinem Rücken nach der Julia gegriffen. Das ärgerte ihn am meisten, dass man ihn übertölpelt hatte. Und dann das Andere droben im Wald, als Maximilian mit seinen Händen ihm den Hals zudrückte und mit seinem Leben spielte. Das konnte er dem Burschen nie vergessen. Wenn er daran dachte, dann reute es ihn auch nicht, die beiden Briefe zurückbehalten zu haben. Erst kürzlich hatte er sie verbrannt, denn er hatte Angst, dass Julia sie finden könnte. Der Postbote war wohl gezwungen zu schweigen, so dass davon nie etwas an das Tageslicht käme.

Da trat Julia aus dem Haus, trocknete sich die Hände an der Schürze ab und trat an den Lehnstuhl.

»Wird es dir nicht zu kalt, Vater? Komm rein, drinnen ist es schön warm.«

»Nein, es passt mir gerade so hier. Setz dich ein wenig zu mir, Julia. Ich möchte gern über etwas mit dir reden.«

Sie setzte sich neben ihn.

»Ich weiß schon, Vater, du möchtest wissen, warum ich den Geibl Peter abgewiesen habe. Das will ich dir gleich sagen: weil ich ihm nie gut sein könnte.«

»Ja, ja, da rede ich dir auch nicht drein. Ich habe nicht geglaubt, dass der so lange warten würde auf dich. Damals, als du nach einem Jahr nicht heimgekommen bist, da hab ich mir gedacht, er heiratet ein paar Wochen darauf schon eine andere, so großspurig hat er getan. Aber pass einmal auf, Julia, du kannst doch nicht jeden abweisen, denn einmal braucht ja der Hof doch wieder einen Herrn. Ich habe es jetzt gemerkt, wie schnell es sein kann, dass man nicht mehr da ist. Und ich möchte doch noch wissen, wer nach mir hier der Herr ist.«

Julia schwieg eine Weile. Dann meinte sie:

»Das hätte der Vater längst wissen können, wer hier einmal Herr sein könnte. Freilich, ich weiß, es ging über deine Vorstellungskraft, dass ein Knecht Bauer werden wollte. Aber ich denke, dass ein guter Knecht auch ein guter Bauer sein kann.«

Der Stöger stampfte ärgerlich mit seinem Stock auf den Boden.

»Hör auf mit dem Maximilian! Wenn ich auch das vergessen könnte, dass er dir den Kopf verdreht hat, aber dass er mich dann einmal im Wald droben überfallen und gewürgt hat, das vergess ich ihm nie.«

»Das weiß ich ja noch gar nicht. Warum hat er dich gewürgt?«

»Weil er von mir wissen wollte –«

»Wo ich war«, unterbrach ihn Julia.

Der Stöger merkte, dass er beinahe eine Dummheit gemacht hätte.

»Nein, danach hat er mich nicht gefragt. Er wollte wissen, warum ich ihn nicht haben wollte als Schwiegersohn.«

Julia senkte den Kopf.

»Natürlich! Wo ich war, das hätte er ja wissen müssen. Ich habe ihm zweimal geschrieben. Dass ein Brief verlorengeht, das mag sein. Dass aber auch ein zweiter verlorengeht, das glaube ich nicht recht.»

Der Stöger schluckte und öffnete seinen Hemdkragen, als sei ihm die Luft zu eng geworden.

»Ja, ja«, meinte er dann, »nun siehst du wohl selber ein, was für ein nichtsnutziger Bursche er ist, sonst hätte er sich um dich gekümmert. Aber mach dir deswegen keine Sorgen. Es wird schon einer kommen, der dir und mir gefällt, und der einen richtigen Bauern abgibt für den Stögerhof.«

»Das lass meine Sache sein, Vater. Ich will keinen«, erklärte Julia mit einer Bestimmtheit, die an dem Ernst ihres Vorhabens keinen Zweifel aufkommen ließ.

»Denkst immer noch an den Maximilian?«, fragte er heftig.

Da stand Julia auf und sagte: »Nein, das ist vorbei. Ich habe ihn lange im Herzen getragen, aber dann hab ich ihn einmal in Innsbruck gesehen mit einer anderen, und von der Stund an war es aus. Da ist etwas in mir gestorben und auch meinem Kind der Vater. Mein Bub soll einmal Bauer hier werden. Du bist noch rüstig, und wenn du erst wieder einmal aus dem Lehnstuhl heraus bist, dann kannst du mit leichter Mühe hier das Regiment führen, kannst meinen Buben noch anleiten. So bleibt auch der Name am Hof.«

Der Bauer versuchte, sich zu erheben, aber er hatte noch nicht die Kraft dazu. So fasste er nur die herabhängende Hand der Tochter.

»Julia, da hast mir jetzt etwas gesagt, das mich freut. Der Name bleibt am Hof, wie er es seit über hundert Jahren gewesen ist. Wenn ich wieder ganz beieinander bin, dann fahren wir zwei einmal hinauf ins Navistal. Ich will den Buben sehen, ob er auch ein echter Stöger wird.«

»Und was werden die Leute sagen?«

Nachdenklich schaute der Stöger das Mädchen an.

»Es muss ja nicht gleich sein, dass wir ihn heimholen«, meinte er dann. »Das hat ja noch ein paar Jahre Zeit, bis dahin denkt kein Mensch mehr daran, wie das zusammenhängen könnte mit dem Buben.«

Julia nickte, aber sie dachte da anders. Sie hatte Sehnsucht nach ihrem Sohn. Ihr war gleichgültig, was die Leute darüber sagen mochten, aber der Maximilian, der durfte es niemals erfahren.

»Komm jetzt, Vater«, sagte sie. »Es wird wirklich frisch jetzt heraußen.«

Sie fasste ihn unter dem Arm und führte ihn ins Haus, brachte ihn nach dem Essen hinauf in seine Kammer und schaffte dann den Knechten für den kommenden Tag die Arbeit an.

– 17 –

Seit dieser Unterredung waren drei Wochen vergangen. Die Zugvögel waren fortgeflogen, und die leuchtenden Farben des Bergwaldes lichteten sich mit jedem Tag. Bei jedem Windstoß fielen rauschend die bunten Blätter zu Boden. Die Spitzen der Berge trugen schon Schneekappen. Starr und kalt ragten die Wände der Lafotschagruppe in den Himmel.

Um diese Zeit war es so weit, dass der Stöger wieder auf sicheren Füßen gehen konnte. Er nahm den Stock mehr aus Gewohnheit, als dass er ihn benötigt hätte. Und eines Morgens sagte er zu Julia:

»Hol den Wagen aus der Garage, Julia, heute fahren wir zu den Holsters.«

Ein kühler Wind durchflog an diesem Oktobertag das Tal. Die Luft war klar, und kleine weiße Schäfchenwolken zogen gemächlich über die Berge.

Sie fuhren wieder wie damals. Zarte Nebel lagen über der Sill, die laut plätschernd ihre Wasser weitertrug. Gegen Mittag kamen Julia und ihr Vater im Navistal an.

Der kleine Maxi war gerade vor dem Haus damit beschäftigt, einen Turm aus Sand aufzubauen. Als er das Auto kommen sah, schaute er angestrengt mit seinen großen, dunklen Augen auf den Weg hinunter.

Als Julia ausstieg, warf er plötzlich die Schaufel fort und kam mit raschen Sprüngen den Hang herunter, dass Julia Angst hatte, er könnte hinabstürzen.

»Juliamama …!«, schrie er, und sein Stimmlein überschlug sich fast vor Freude.

Der kleine Maxi nannte die Holsterin Mutter, weil die beiden anderen Kinder es auch taten. Zu Julia sagte er: Juliamama.

Julia nahm den Buben an ihr Herz, überschüttete ihn mit inniger Zärtlichkeit und setzte ihn neben den Stöger auf den Beifahrersitz.

Mit diesem bärtigen Mann wusste der Kleine nichts anzufangen. Er fürchtete ihn ein wenig und rückte ängstlich beiseite, als der Stöger ihm seine Hand auf das dunkel gewellte Haar legen wollte.

»Na, ja, Bürscherl, musst keine Angst haben«, meinte der Stöger und fragte Julia: »Ist der immer so?«

»Es kommt selten jemand hierher«, sagte sie. »Fast alle Kinder des Tales sind Fremden gegenüber zurückhaltend.«

Dann kam die Holsterin aus dem Haus und begrüßte die Gäste.

Der Stöger stieg aus dem Wagen und wusste nicht recht, was er sagen sollte. Sein heutiges Kommen stand ein wenig im Widerspruch zu dem, was er damals, vor nahezu fünf Jahren, gesagt hatte. Da war er jetzt nun gekommen, um das Kind heimzuholen auf den Stögerhof; er suchte erst krampfhaft nach den rechten Worten, um das der Holsterin zu erklären. Aber Julia zog die Frau gleich ins Haus, und der Stöger parkte den Wagen hinterm Haus.

Wirklich ein nettes Bürscherl, dachte er. Nun, das Kind kann ja nichts dafür, dass seine Mutter einmal so dumm war. Es war jetzt da und damit aus.

Als er eine Weile später in die Stube kam und wie um sich Sicherheit zu geben, sich in den Bart griff, stand der Kleine mit gespreizten Beinen inmitten der Stube und schaute ihn an. Langsam bückte sich der Stöger und sagte:

»Wie heißt du denn?«

»Maxi«, sagte der Knabe.

»So, so, Maxi.« Der Stöger blickte kurz auf. »Ich denke, man hätte auch einen anderen Namen finden können. Wie heißt du denn noch?«

Der Kleine schaute zuerst auf seine Juliamama, und als diese ihm freundlich zunickte, sagte er mit seiner hellen Stimme:

»Maximilian Breitenbacher heiß ich.«

Der Bauer hob den Kopf, als lauschte er, wie sich das anhörte: Maximilian Breitenbacher. Die Härte seines Gesichtes lockerte sich mehr und mehr, und schließlich setzte er sich an den Tisch und bekannte nun offen:

»Schließlich kann ja der kleine Kerl nichts dafür, dass er ledigerweise in die Welt geschubst worden ist. Das will ich ihn keinesfalls entgelten lassen. Und heute nehmen wir ihn mit. Magst mit uns fahren, Bub?«

»Mit dem schönen Wagen?«, fragte der Kleine.

»Ja, mit dem. Gefällt er dir, hm? Wenn du einmal groß genug bist, kannst du damit fahren.«

Die Holsterin tischte nun auf, was Küche und Keller zu bieten hatten. Und während Julia sich um den Kleinen bemühte, betrachtete der Stöger ihn mit heimlicher Neugier, ob in dem jungen Gesicht noch nicht zu sehen sei, wohin er schlage. Und da stellte er zu seiner Befriedigung fest, dass er Julias Züge hatte. Nur einmal, als der Kleine im raschen Unwillen die Brauen zusammenzog, erinnerte er an den Maximilian Brunner.

Die Holsterin packte dann alles in einen Korb zusammen. Sie tat es mit einem Gefühl leiser Wehmut, denn sie hatte den kleinen Kerl tief in ihr Herz geschlossen. Ja selbst der Holster wischte sich schnell und heimlich über die Augen, als der Stöger anfuhr, um nach Flurs zurückzukehren. Zwischen ihm und Julia saß der Kleine mit hochroten Wangen. Er hatte nie in solch einem Wagen gesessen, blähte sich vor Stolz und winkte den zurückbleibenden Holsterkindern gnädig zu.

In herrlicher Schönheit versank die Sonne. Feine Nebel stiegen auf, ferne Kartoffelfeuer leuchteten gespensterhaft in die Dämmerung.

Von einem tiefen Glück bewegt, hielt Julia ihren Knaben im Arm. Ein unvergesslicher Tag war dies, da sie den Knaben heimbrachte auf den Stögerhof, der nun fortan seine Heimat sein sollte.

Kurz vor Flurs sagte der Stöger: »Wir fahren hinten den Feldweg rauf. Es braucht uns heute noch nicht gleich jemand mit dem Buben zu sehen. Ich denk, sie zerreißen sich die Mäuler noch früh genug. Wir haben den Buben von unsern Verwandten angenommen, verstehst? Es ist wirklich gut, dass er Juliamama zu dir sagt und nicht Mutter.«

Julia nickte nur, und der Kleine schlief in ihrem Arm und konnte nicht hören, dass über seine Herkunft ein Mantel des Schweigens gebreitet werden sollte.

– 18 –

»Habt ihr es schon gehört? Der Stöger soll einen kleinen Buben angenommen haben?«, fragte die Kramerin Magda Bergmayr, während sie der Schusterin ein Päckchen Reis aushändigte. Die Stemmlerin stand auch dabei, obwohl sie ihre Sachen schon hatte. Aber sie hatte darauf gewartet, dass die Kramerin an diesem Montagmorgen eine Neuigkeit wüsste. Nun, so weit war dies weder für die Schusterin noch für die Stemmlerin eine Neuigkeit, denn sie hatten Julia ein paar Tage vorher mit dem Kleinen durch das Dorf gehen sehen.

Und so sagte die Stemmlerin, indem sie unverschämt mit dem linken Auge blinzelte: »Was sagst, angenommen haben sie den Buben?«

»Ja, von Verwandten«, sagte die Magda.

»Weißt du zufällig auch, wo die Verwandten sind?« Wollte die Schusterin wissen und ließ zugleich durchblicken, dass sie nicht daran glaubte.

»Das weiß ich nicht, mir hat es bloß die Kuchelmagd vom Stöger erzählt. Der Stöger selber soll gar keine so große Freude haben mit dem Buben.«

»Das lasst sich leicht denken. Mir ging es vielleicht genauso!«

»Wie meinst denn das?«

»Na, ich hab die Julia gesehn und hab den Buben gesehn. Alle beide nebeneinander, versteht ihr«, prahlte die Stemmlerin mit ihrer Weisheit. »Und zusammen muss man die zwei schon sehen, dann kann man sich auskennen.«

Den Frauen prickelte es vor Neugier, aber die Stemmlerin ließ sie noch ein Weilchen warten, bis sie mit ihrem Hauptschlag herausrückte.

»Der Bub schaut der Julia ähnlich. Er mag fünf Jahre alt sein, und just so lange dürfte es her sein, dass die Julia damals plötzlich fort ist, in die Haushaltungsschule natürlich.«

Die Stemmlerin schwieg und schaute sich triumphierend um. Und sie freute sich, dass es eingeschlagen hatte wie eine Bombe, denn die beiden anderen machten ganz verblüffte Gesichter und schienen die Zeit selber nachzurechnen. Dann aber sagte die Kramerin:

»Stimmen könnte es schon, aber ich möchte es nicht behaupten. Der Stöger versteht nämlich keinen Spaß bei so was. Und ich möchte es mir nicht nachsagen lassen, dass in meinem Laden solche Sachen ausgebrütet werden. Es kann uns ja schließlich auch gleich sein, wie sich das verhält. Auffallend ist freilich, dass der Bub Maxi heißt, ausgerechnet Maximilian.«

»Das hab ich noch gar nicht gewusst«, sagte die Stemmlerin baff und wackelte mit dem Kopf, als wollte sie damit weitere Vermutungen andeuten. Aber die Schusterin rechnete schnell und gab zu wissen:

»Ich glaub nicht, dass sie den Buben dann ausgerechnet Maximilian hätte taufen lassen. Für so dumm schau ich die Julia doch nicht an. Wenn man auf der einen Seite was verschweigen will, dann wird man es auf der anderen Seite nicht so offensichtlich aufdecken.«

Und so waren die drei Weiber nach Abschluss ihrer zweistündigen Unterredung so weit, wie sie zuerst waren, nämlich, dass sie ihre Vermutungen wieder einpackten in den tiefen Sack ihrer Weisheiten und sich gelobten, nichts zu sagen, was hier gesprochen worden sei.

Eines von dem, was hier im Laden gesprochen wurde, hatte vielleicht seine Richtigkeit. Nämlich, dass der Stöger selber gar keine so große Freude an dem Buben hatte.

Hatte es ihm zuerst recht gefallen, so durchzuckte es ihn jetzt jedesmal eigentümlich, wenn der Bub ihm über den Weg lief. Da musste er jedesmal an den Maximilian Brunner denken, der ihm damals einen gewaltigen Strich durch die Rechnung gemacht hatte. Es brauchte wahrhaftig nicht zu sein, dass der kleine Bursche da auf dem Hof herumlief, und zudem musste es für jedermann Geheimnis bleiben, dass der Kleine ein gewisses Recht hatte, hier zu sein.

Da geschah eines Tages, als der erste Schnee fiel, etwas sehr Merkwürdiges. Der kleine Maximilian war draußen im Garten und baute sich einen Schneemann. Die Knechte und Mägde, die vorübergingen, lobten ihn, dass er so etwas könne, und da hoffte nun der kleine Kerl, dass auch der Vater ihn loben werde. Ja, er sagte Vater zum Bauern, weil Julia ihn es so gelehrt hatte. Aber der Bauer ging an ihm vorrüber, als sähe er ihn nicht, obwohl Maximilian mit strahlendem Lächeln mitten in seinem Weg stand.

Vor bitterer Enttäuschung begann der Maxi zu schluchzen, und dann sagte er hinter dem Stöger her: »Mag mich denn der Vater gar nicht ein bissel?«

Den Bauern riss es herum. Ein Unmensch war er denn doch nicht, und diese zarte Stimme hatte fast anklagend geklungen. So beugte er sich nieder, strich über den Lockenkopf und lobte:

»Schön hast es gemacht, Maxi. Ja, was du alles kannst!«

Und dann nahm er ihn bei der Hand und ging mit ihm ins Haus.

Seit diesem Tag verband die beiden eine innige Freundschaft. Immer konnte man sie zusammen sehen, ja, es kam dann sogar so, dass der Kleine in die Kammer des Bauern ziehen musste. Der Tag allein genügte ihm nicht mehr, den Buben um sich zu haben. Er wollte ihn auch im Schlaf um sich haben.

Julia freute sich über diese Wandlung, denn sie hatte oft darunter gelitten, dass der Vater dem Jungen weniger Beachtung schenkte als den Rindern und Pferden im Stall.

Für sie hatte sich nun alles zum Guten gewendet. Und wenn in diesen Wintertagen die Zeitungen wieder großartige Siege des Maximilian Brunner meldeten, so blieb dabei ihr Herz ganz ruhig. Sie glaubte, ihn vollends aus ihrem Denken gestrichen zu haben, und wusste nicht, dass sie die Körbe, die sie manchen Bewerbern um ihre Hand gab, nur deshalb austeilte, weil sie ganz unbewusst den anderen noch im Herzen trug.

– 19 –

»Bitte schön, meine Damen und Herren! Nur runter in die Knie. Noch mehr! Weicher müsst ihr werden in den Gelenken. Viel elastischer.«

Der Hülsen Kaspar war es, der einer Schar von Anfängern auf dem Übungshügel Anweisungen im Skilaufen gab.

Da kam der Brunner Maximilian in mächtiger Schussfahrt vom Wald herunter, verhielt beim Hülsen Kaspar und schaute eine Weile zu.

»Nur weitermachen«, sagte er, weil ein paar der Skihäschen sich gegenseitig anstießen und zu ihm hergafften. Man kannte ihn natürlich, und er war prächtig anzusehen, wie er groß und schlank, die Büchse auf dem Rücken, die Stecken etwas zur Seite gespreizt, auf der Kuppe des Hügels stand, von den Flocken umwirbelt, die seit Stunden aus einem bleigrauen Himmel niedertanzten.

Maximilian war ein kritischer Beobachter. Schließlich fragte er einen der Übenden, der an sich gar nicht mehr so schlecht lief, weshalb er denn mit seinen Stöcken so umeinanderfuhrwerke. Das hätte er doch nicht nötig!

Er erklärte ihnen einiges über das richtige Einsetzen der Stöcke, hielt aber dann mitten in seiner Rede inne und spähte scharf auf den Weg hinüber, von wo her man feines Schellengeläute vernahm. Ein Pferdeschlitten, von einem Schimmel gezogen, fuhr dort drüben den Hang hinauf, gelenkt von einer Frau, an deren Seite ein Kind saß.

Maximilian erkannte Julia auf den ersten Blick, wandte sich um und verschwand hinter dem Hügel.

Es schneite in dichten Flocken, und Julia konnte nur auf wenige Meter den Weg übersehen. Und als der Gaul plötzlich stehen blieb, zupfte sie an den Zügeln und griff dann zur Peitsche, weil der Schimmel trotzdem nicht weitergehen wollte.

Da sah sie es erst, dass ein Mann den Weg versperrte. Ihr Gesicht wurde hart und abweisend. Maximilian kam an den Schlitten heran. Er schaute Julia kaum an, sondern starrte nur auf den Buben, so dass der Knabe sich ängstlich an seine Juliamama drückte.

Da nahm Maximilian Julia scharf in den Blick. »Was ist das für ein Kind, Julia?«

Kaum merklich zuckte es um ihren Mund. »Warum musst du das wissen?«

»Weil ich nicht glauben kann, was die Leute sagen.«

»Und was sagen die Leute?«

»Dass ihr ein Kind angenommen hättet, weil du nicht heiraten willst.«

»Es ist so, wie die Leute sagen«, erklärte sie und schaute mit blassem Gesicht über ihn hinweg. »Wie kommst ausgerechnet du dazu, dies zu bezweifeln?«

»Die Leute sagen auch, dass der Bub Maxi heißt!«

»So?« Julia zog die Brauen hoch. Aber dann schlug

dem Jäger ein hohnvolles Lachen entgegen. »Der Herr Jäger scheint sich da etwas zusammenzureimen, das durchaus keine Richtigkeit hat. Warum soll es anderswo keine Menschen geben, die auch Maximilian heißen?«

Ihr Lachen hatte ihm das Blut in die Stirn gejagt. So konnte nur ein Mensch lachen, der tiefen Unfrieden in seinem Herzen trug. Und er fühlte keinen Zorn in sich, sondern eher ein Erbarmen.

»Julia, ich bitte dich, sag nur die Wahrheit. Ich verspreche dir, dass es mein Geheimnis bleiben soll, wenn du es verlangst. Aber sag mir ehrlich: Ist es dein Kind – unser Kind?«

Mit wachsendem Erstaunen hatte sie ihm zugehört. Sie begriff nicht, wie dieser Mensch sie um Wahrheit bitten konnte, wo doch an ihm selbst alles Lüge gewesen ist. Und so klang ihre Antwort kalt und fremd.

»Ich dächte, der Jäger hat mich schon einmal darum gefragt, und ich habe ihm Antwort gegeben. Es ist so, wie ich damals sagte.«

Maximilian senkte den Kopf. Er musste ihr glauben, denn er konnte nicht annehmen, dass sie ihm die Wahrheit verschweigen würde. Aber es entfuhr ihm doch noch die Frage:

»Sag mir doch, Julia, warum bist du denn so ungut mit mir? Du warst doch früher ganz anders.«

»Früher? Das ist schon so lange her, dass ich es nicht mehr weiß.«

»So was kann man nicht vergessen! Ich hab dir doch nichts getan, Julia.«

»Du?« Das klang wie ein Dolchstoss, dieses kurze Wörtchen. Ihm folgte ein etwas schrilles Lachen. »Nein, du hast mir wahrhaftig nichts getan!«

Dann riss sie an den Zügeln, und der Schimmel galoppierte in aufgeregten Sprüngen davon.

Maximilian blieb zurück, von den Flocken umwirbelt. Fern und immer ferner klang das Schellengeläute. Langsam lief er über den Berg hinauf und spürte eine bleierne Müdigkeit in allen Gliedern. Er ärgerte sich über sich selbst, dass er ihr wieder in den Weg getreten war. Er hatte sich doch so fest vorgenommen, ihr nicht mehr zu begegnen. Aber das Gerede der Leute hatte ihn hellhörig gemacht, und er hatte gedacht, wenn er den Buben einmal zu sehen bekäme, dann hätte er sich Gewissheit verschaffen können. Aber es war ein Kind wie hundert andere auch in diesem Alter.

Und während er so durch den dunklen Winterabend fuhr, dachte er zurück an jene Zeit, als er Julia vor dem wütenden Stier gerettet hatte, und sie dann ihre junge, heiße Liebe tausendfach an ihn verschenkte.

O Julia, dass du alles vergessen haben willst! Dass ein Mensch sich überhaupt so ändern konnte. Sie tat ja gerade so, als sei er schuld, dass dieses Glück zu Ende ging. Hatte sie vergessen, dass sie es war, die damals fortgegangen war und ihn ohne Nachricht in hoffnungsloser Verzweiflung zurückgelassen hatte?

Das Allerschlimmste war aber, dass er sie immer noch liebte. Heute hatte er das wieder gefühlt in einer beinahe schmerzhaften Gewissheit. Sie war schöner geworden, reifer, fraulicher. Ein Blick ihrer Augen warf Brände in sein Blut, und als er heimkam zum kalten Herd, brach sich ein Lachen von seinen Lippen, so hohnvoll und grell, dass er selbst davor erschrak. Er lachte, weil alles so leer war in diesem Haus, so still und trostlos und einsam.

Da tat er etwas, was er noch nie getan hatte. Nachdem er ein Feuer im Herd gemacht hatte, öffnete er ein Kästchen, nahm eine Flasche Kirschwasser heraus und ein Gläschen und begann zu trinken. Die dumpfe, belastende Schwermut wich von ihm, und eine solche Fröhlichkeit erfasste ihn, dass er zu singen begann. Kecke Jägerlieder waren es, die dann traurig wurden und von Verlassenheit und Untreue kündeten.

Das Kind war tot. Die Julia hatte es gesagt, und sie log nicht. Doch, einmal hatte sie es getan, damals, als sie so getan hatte, als ob sie ihn liebte.

Doch fort mit diesen trüben Gedanken, und her mit einem neuen Glas!

So trank der Maximilian und trank, bis ihm keine trüben Gedanken mehr durch den Kopf geisterten.

Dann warf er sich auf die Ofenbank und schlief ein.

Die Augen aller Wintersportler waren nach Val d'Isère gerichtet, wo in diesem Jahr die großen Skiwettkämpfe stattfanden, für die Maximilian Brunner als Favorit galt. Um so mehr war man aber überrascht, dass Brunner im Riesentorlauf erst Siebenter wurde, der in den Jahren zuvor seine Spezialität geworden war. Auch im Slalom lag er weit hinten. Lediglich im Abfahrtslauf konnte er den zweiten Platz belegen.

Die Presse schrieb zwar von ungünstigen Schneeverhältnissen. Maximilian ließ das allerdings nicht gelten. Er hatte schon unter viel ungünstigeren Schneeverhältnissen gekämpft und gesiegt.

Seine Kameraden wollten ihn trösten, und der Pröbstl meinte:

»Du hast halt einen ausgesprochenen Unglückstag gehabt, Maximilian. Ein andermal geht es sicher wieder besser.«

Maximilian hörte ihm schweigend zu. Sein Gesicht war hart, und er presste die Kiefer aufeinander, dass sie schmerzten.

Er wusste besser, was daran schuld war. Das, was er anderen immer mit aller Eindringlichkeit ans Herz legte, hatte er nicht beachtet. Und er wusste auch, es würde für immer vorbei sein mit seiner Karriere, wenn es ihm nicht gelang, sich von diesem Teufel loszureißen.

Am Abend dieses Tages blieb er im Hotel, starrte von

seinem Zimmer aus auf die belebten Straßen hinunter und sagte zu sich:

Ja, ja, du hast zuviel getrunken in letzter Zeit und zuviel geraucht, Brüderchen. Du hast anderen gepredigt, dass Nikotin und Alkohol Gift sei für jeden Sportler; du selbst aber hast nicht darauf geachtet. Und wenn du nicht aufhörst damit, dann wirst du wahrscheinlich nächste Woche in Oslo wieder einen Versager abgeben.

Aber dort wollte er unter keinen Umständen unterliegen. Auf diese Kämpfe da oben wollte er sich konzentrieren wie noch nie zuvor.

Von diesem Tag an rauchte er keine Zigaretten mehr, trank keinen Tropfen Alkohol und war schon in den frühen Morgenstunden auf der Piste.

– 20 –

Und dann kam der Tag, wo er mit seinen Kameraden aus Flurs in Oslo eintraf. Drei Tage hatten sie noch Zeit bis zum Beginn der Wettkämpfe.

Als er am nächsten Abend nach einem längeren Waldlauf in sein Hotel zurückkam, überreichte ihm der Portier eine schmale, goldgeränderte Visitenkarte. »Mary Sörensen«, las er den Namen.

»Die Dame erwartet Sie in der Tagesbar«, sagte der Portier und winkte einem Pagen, der Maximilian dorthin führen sollte. Maximilian folgte ihm und wunderte sich, dass er so ruhig blieb, wo er doch im nächsten Augenblick Mary seit Jahren zum ersten Mal wiedersehen würde.

Der Page öffnete die Tür. Maximilian trat ein und blickte sich suchend um. An keinem Tische konnte er sie entdecken. Schon wollte er umkehren, als sich aus einem Sessel eine Dame erhob und auf ihn zukam.

»Guten Tag, Maximilian!«

Sie streckte ihm mit einer herzlichen Gebärde die Hand entgegen, die er ergriff.

»Mary«, sagte er leise und blickte verwundert auf das elegant gekleidete Geschöpf, das so ganz anders aussah, als er es in Erinnerung hatte.

»Hast du ein wenig Zeit für mich? Komm mit an meinen Tisch. Wir werden dort allein sein.«

»Gern, Mary, ich freue mich sehr über dieses Wiedersehen.«

Dann saßen sie sich gegenüber, und Maximilian war doch ein wenig bedrückt und beklommen zumute, obwohl er dazu gar keinen Grund hatte, denn schließlich war ja er es nicht gewesen, der damals davongegangen war. Verlegen spielte er mit der Visitenkarte, die er immer noch in den Händen hatte. Seine Brauen schoben sich zusammen, als er las: Mary Sörensen, und nun sah er auch den Ring, den sie am Finger trug.

»Du bist Sörensens Frau geworden?«, fragte er, und seine Stimme klang gequält.

Der Kellner trat hinzu und fragte, was er dem Herrn bringen dürfe.

»Einen Mokka, bitte«, antwortete Maximilian gedankenlos und ließ den Blick nicht von Mary.

»Bist du mir sehr böse?«, hörte er sie sagen.

»Nein«, kam einsilbig eine Antwort, und erst nach einer langen Atempause fuhr er fort: »Vor Jahren habe ich dich einmal gefragt, ob du ihn liebtest. Du hast das damals verneint, und nun bist du seine Frau geworden.«

»Ach, Maximilian, soll ich dir wirklich erzählen, wie alles gekommen ist? Glaube mir, ich wusste damals nicht mehr aus und ein, und ich sah dann schließlich selber ein, dass unsere beiden Geschäftshäuser zusammengeschlossen werden müssten, dass ich nicht mehr nein sagen durfte, wenn ich meinem Vater nicht weh tun wollte.«

Maximilian legte verstohlen seine Hand auf die ihre. »Du brauchst mir nichts zu erzählen, Mary. Ich glaub dir schon. Und du warst ja damals noch sehr jung. Ich könnte dir niemals böse sein, denn du warst mir ein guter Kamerad in schweren Stunden. Denkst du noch manchmal an jene Silvesternacht?«

»Ja, Maximilian, ich habe nichts vergessen. Es war schön.«

»Und – bist du glücklich geworden?«

»Doch, Maximilian. Das darf ich wohl sagen. Sörensen ist sehr aufmerksam und hat mir noch nie ein unrechtes Wort gegeben, obwohl er doch wusste, dass ich dich einst liebte. Er spricht auch heute noch mit der gleichen Achtung von dir.«

»Und wenn er wüsste, dass seine Frau jetzt bei mir sitzt?«

Mary lächelte froh. Und daran erkannte er sie wieder als das Mädchen von einstmals.

»Er weiß es, Maximilian. Wir haben keine Geheimnisse voreinander. Als ich es in der Zeitung las, dass du herkommst, habe ich ihn gleich gebeten, dich sprechen zu dürfen. Er ist heute abend zu einer Konferenz, und deshalb möchte ich dich bitten, Maximilian, diesen Abend mit mir zu verbringen. Wir können hier bleiben, wenn es dir recht ist.«

»Ich bin sogar sehr einverstanden damit, Mary. Nur gestatte, dass ich mich zunächst einmal umziehe. Ich blamiere dich ja sonst!«

In seinem Zimmer, das er mit dem Pröbstl teilte, lag eine Menge Post. Da waren Briefe aus der Heimat, rührende Briefe von tapferen Jungen, die ihn baten, doch alles daranzusetzen, wenigstens in Norwegen seinem Land zum Siege zu verhelfen. Dazwischen wieder ein paar andere, gutgemeinte Ratschläge von erfahrenen Sportlern, dann noch ein paar zart duftende, von Mädchenhänden geschriebene Kärtchen, die ihm ebenfalls den Sieg wünschten.

Maximilian empfand eine kindhafte Freude über diese Briefe. Und er wollte sie diesmal nicht wieder enttäuschen, die vielen Menschen, die auf ihn setzten. Eine Welle des Glücks durchströmte ihn, dass so viele, trotz seiner Niederlage in Val d'Isère, das Vertrauen zu ihm nicht verloren hatten.

So gute Laune erfüllte sein Gemüt, dass er ein lustiges Lied vor sich hin pfiff, während er die schweren Skistiefel abstreifte und dann den dunklen Anzug aus dem Schrank nahm.

»Wo ist denn der Eggler Christoph?«, fragte er dazwischen.

»Der ist noch ein wenig bummeln gegangen«, sagte der Pröbstl.

»Acht auf ihn, Hans. Ihr beide müsst ebenso gut in Form sein wie ich. Der Christoph vergisst sich immer ein wenig, wenn er bummelt. Am Sonntag werden wir einen schweren Kampf vor uns haben, darüber seid ihr euch hoffentlich klar!«

»Vollkommen«, antwortete Pröbstl, der in Val d'Isère besser abgeschnitten hatte als Maximilian. »Und wo willst du heute noch hin, wenn ich fragen darf?«

»Ich? Nicht weit, ich bleibe im Haus. Ich habe eine Bekannte getroffen. Ach – du kennst sie ja auch – die kleine Mary, die so lange in Flurs war. Komm doch mit runter.«

»Nein, Maximilian, ich will kein fünftes Rad am Wagen sein.«

»Na gut dann. Kannst mir meine Ski noch wachseln für morgen, damit es dir nicht zu langweilig wird!«

Maximilian wollte zur Tür hinaus. Da verstellte Pröbstl ihm den Weg. »Mach keine Dummheiten, Maximilian.«

Maximilian blickte erstaunt auf. »Wie meinst du das?«

»Trink nicht, Maximilian.«

Maximilian lachte und schlug dem Kameraden auf die Schulter.

»Brauchst keine Sorge haben, Kleiner. Ich weiß ganz gut, warum ich in Val d'Isère versagt habe. Das war mir eine Lehre!«

»Schau, Maximilian, es ist nun mal so: Wenn du nicht in Form bist, dann sind wir es auch nicht. Das haben wir schon zu oft festgestellt. Wir brauchen deine Führung, du musst uns mitreißen.«

»Ja, Hans, ihr könnt euch wieder auf mich verlassen. So, und nun lass mich gehen, sei so freundlich.«

Als er im Restaurant ankam, servierte der Ober ein Abendessen, wie Maximilian es noch nicht kannte. Mary hatte es inzwischen bestellt. Es gab geräucherten Lachs, ein von Safran gelbgefärbtes Frikassee aus Fischen und eine ganze Reihe auserlesener Dinge.

»Schmeckt es?«, fragte sie.

»Und ob!«, meinte er. »Ich hab mich bisher nicht getraut, solches Zeug zu essen. Ist mir zu teuer, kleine Frau. So hoch berechnet unser Verband die Spesen nicht.«

»Du kannst hernach auch noch etwas nach deinem Gaumen essen, wenn es dich gelüstet. Heute bist du jedenfalls mein Gast.«

Er legte erschrocken Gabel und Messer weg. »Das geht auf gar keinen Fall, Mary.«

»Warum denn nicht? Ich bin so oft dein Gast gewesen. Also, kein Wort mehr davon. Trink bitte, ich möchte mit dir anstoßen.«

Er nippte nur an seinem Glas und schenkte ihres wieder voll.

»Nicht so viel Wein«, sagte sie. »Ich werde sonst so lustig.«

»Das sollst du ja.«

»Hättest du es gern?«

»Doch, wieder einmal so lustig und froh, wie du manchmal warst. Kannst du das noch sein?«

»O doch, mitunter schon. Nur – man wird älter, weißt du.«

Nach dem Essen lehnte sich Mary zurück, bot ihm eine Zigarette an, die er ablehnte. Er reichte ihr Feuer. Sie beugte sich vor, und der Schein der rötlich gedämpften Lampe ließ ihr Haar schimmern.

»Ich freue mich wirklich, Mary, dass wir uns getroffen haben«, sagte er nach einer Weile, während die feinen Schleier ihres Zigarettenrauches um seine Stirn wehten.

»Und ich freue mich noch mehr, Maximilian!«

Wieder trat ein Schweigen ein. Maximilians Gedanken gingen zurück in die Tage, da er Mary zum ersten Mal gesehen hatte.

»Wie wird es am Sonntag werden?«, unterbrach sie sein Sinnen. »Wir waren über dein Versagen in Val d'Isère arg enttäuscht.«

»Ich muss siegen, Mary. Unbedingt muss ich die Scharte auswetzen.«

»Ja, du musst siegen, Maximilian«, sagte Mary, und das alte blinde Vertrauen sprach wieder aus ihr. »Ich werde dort sein, und mein Mann auch. Wir wollen dich siegen sehen, Maximilian.«

Als es zehn Uhr schlug, machte Mary sich zum Heimweg bereit. Er begleitete sie zum Auto, das sie selbst steuerte. Sie reichte ihm die Hand durch das Fenster heraus.

»Schlaf gut, Maximilian. Und – sag mir bitte nochmal, dass es dich gefreut hat.«

»Sehr sogar, Mary. Gute Nacht, komm gut nach Hause und – grüß Sörensen von mir!«

Sie beugte das Gesicht ein wenig zu ihm und sah nochmal tief in seine Augen.

»Hab Dank für dieses Wort, Maximilian. Und nun, gute Nacht, du –«

Mary Sörensen kurbelte das Fenster hoch und ließ den Motor anspringen. Langsam nahm der schwere Wagen die Kurve vom Hotel weg und tauchte dann in schneller Fahrt im Lichtermeer der breiten Straße unter.

An diesem Sonntag fuhr Maximilian Brunner das schwerste Rennen seines Lebens. Mit einem wahnsinnigen Tempo und unerhörtem Schwung tänzelte er durch die Tore. Man beobachtete dabei eine ganz neuartige Verwendung seines Innenstockes, den er als Abstoppachse und Abstoßhilfe bei der Schwungdrehung verwendete.

Der Mann war einfach nicht wiederzuerkennen, der in Val d'Isère sich so mühsam abkämpfen musste, obwohl die Konkurrenz dort nicht so stark war wie hier in Norwegen. Auch Eggler und Pröbstl fegten wie Windhunde durch die Tore, mussten aber den zweiten und dritten Platz an einen Norweger und einen Italiener abtreten.

Als dann Maximilian auf der Abfahrtsstrecke war, hielten die Tausenden von Zuschauern für Sekunden bang den Atem an. Gleich darauf aber brach ein brausender Jubel los.

Das war ein geballtes Bündel Energie, das wie ein Pfeil in geduckter Hocke über die Abfahrt schoss. Dieser Mensch schien mit seinen Brettern und dem weißen Element verwachsen zu sein wie noch nie jemand vor ihm. Es stand eindeutig fest, dass niemand diese Zeit einholen konnte.

Als alles vorüber war, wartete Maximilian auf seine beiden Kameraden, schwang sich in ihre Mitte und legte seine Arme um ihren Nacken.

»Tapfer habt ihr euch gehalten!« Er strahlte über das

ganze Gesicht. »Das war wieder ein Tag heute! So hab ich ihn mir gewünscht!«

Von überall her rief man ihm zu. Er musste viele Hände drücken, und dann standen auf einmal Mary und Sörensen vor ihm. Lachend nahm er ihren Glückwunsch entgegen und drückte auch dem freundlichen alten Herrn die Hand. Da stutzte er plötzlich.

»Einen Augenblick mal, wo haben wir beide denn uns schon gesehen?«

Mary lächelte und stupste Sörensen leise an.

»Das war in Ihrer Heimat drüben«, sagte Herr Petersen. »Ich habe mal mit Ihnen vor der Jagdhütte gesessen.«

»Mein Vater«, sagte Mary lächelnd, und Maximilian riss die Augen auf vor Verblüffung. Dann aber lachte er fröhlich mit und war guter Dinge.

Nur langsam und zögernd zerstreuten sich die Menschen und strebten den großen Omnibussen zu, die nach Oslo zurückfuhren.

»Ich möchte Sie als Gast heute zu mir bitten«, sagte schließlich Herr Petersen. »Bitte, schlagen Sie mir das nicht ab. Wir wollen Ihren Sieg in würdiger Weise in unserem Haus feiern.«

Maximilian schaute zuerst Mary an. Da traf ihn ein bittender Blick aus ihren Augen. Auch Sörensen nickte ihm aufmunternd zu.

»Ja, Brunner, tun Sie uns den Gefallen. Sie würden uns eine große Freude machen.«

»Gut«, sagte Maximilian. »Aber nur unter einer Bedingung.«

»Die wird von vornherein bewilligt«, lachte Herr Petersen.

»Ich möchte gerne meine beiden Kameraden dabei haben dürfen.«

»Aber natürlich! Kommen Sie nur gleich mit! In unserem Wagen haben wir alle Platz.«

»Gleich so, wie wir sind?«

»Macht doch nichts! Was braucht es da lange Vorbereitungen! Die Hauptsache ist, wenn es gemütlich wird«, meinte der alte Herr und schlenderte frohgemut davon.

Es wurde auch wirklich gemütlich. Maximilian zählte diesen Abend zu den schönsten seines Lebens. Man sprach sogar davon, dass man sich im nächsten Jahr wieder hier treffen wolle.

Als die drei in später Nacht zu ihrem Hotel gefahren wurden, stand der Mond groß und rund an einem tiefblauen Himmel.

– 21 –

Zur Faschingszeit tat sich auch in Flurs allerlei, denn das Dorf war durch seine erfolgreichen Skiläufer allen Wintersportlern bekannt geworden, die von Jahr zu Jahr in immer größer werdender Zahl hier ihre Ferien zu verbringen pflegten und Frohsinn und Trubel mitbrachten.

Heute nun fand der Ball des Skiclubs statt, der immer schon als Höhepunkt der Faschingsfeiern gegolten hatte. Obwohl er erst um acht Uhr beginnen sollte, strömten schon eine Stunde vorher die Gäste in den Saal, um sich auf jeden Fall einen guten Platz zu sichern.

Es erregte unter den Burschen des Dorfes einiges Aufsehen, als plötzlich die Julia erschien. Man konnte sich kaum erinnern, die Stögerhoftochter jemals auf einem Tanzboden gesehen zu haben. Man erkannte sie sofort, denn sie trug keine Maske, sondern hatte ein prachtvolles Bauerngewand aus schwerer Seide an. Als einziger Schmuck hing eine siebengliedrige Silberkette um ihren Hals. Mehr Schmuck wäre auch gar nicht nötig gewesen, denn das Mädel wirkte durch seine eigenartige Schönheit so, dass auch die Ortsfremden den Kopf nach ihr drehten.

Julia hatte es auf dem Hof nicht mehr ausgehalten, den sie nur ungern verließ, weil sie immer fürchtete, dem Maximilian zu begegnen. Den aber wusste sie heute in Norwegen, wo er große Erfolge errungen hatte, wie der Rundfunk gemeldet hatte.

Der Hehenleitner Ferdl eröffnete den Abend mit einer Begrüßungsansprache und gab dabei seiner Freude Ausdruck, dass die in Oslo siegreich gewesenen Clubkameraden wohl noch heute wieder in Flurs eintreffen würden.

Julia durchzuckte ein eisiger Schreck, und der Gedanke kam ihr, sofort heimzugehen, um ein mögliches Zusammentreffen mit dem Maximilian zu vermeiden.

Sie kam aber nicht dazu, denn die Musik setzte ein, und von nun an hatte sie keine Gelegenheit mehr, auch nur einen Augenblick zu grübeln, denn von allen Seiten her kamen die Burschen, um einen Tanz von ihr zu erbitten, und sie gab sich nur zu gern dem lang entbehrten geselligen Treiben hin. Sie flog von einem Arm in den anderen und bemerkte gar nicht, dass der Maximilian Brunner und seine beiden Kameraden im Saal erschienen.

Er jedoch hatte sie auf den ersten Blick gesehen und sich verwundert gefragt, wieso sie hierher käme.

Die Musik spielte einen Tusch, mit dem man die Sieger von Oslo begrüßte, um die sich nun eine große Menge zu drängen begann. Der Hehenleitner Ferdl verkündete, der nächste Tanz sei ein Ehrentanz für die erfolgreichen Clubkameraden, und schon erklang ein flotter Ländler.

Julia stand noch bei ihrem letzten Tänzer. Ihr Herz klopfte zum Zerspringen, als Maximilian jetzt langsam auf sie zukam. Was sollte sie tun? Sie atmete auf, als er vorüberging, sich vor einem schmalhüftigen blauen Domino verneigte und mit ihm tanzte.

Es war eigentümlich – nun spürte Julia doch wieder

einen Stich in ihrem Herzen. Warum hatte er nicht wenigstens versucht, sie zum Tanze zu holen? Hatte er gewusst, dass sie ablehnen würde?

Hätte sie es wirklich getan?

Julia war sich nicht recht klar darüber. Sie spürte aber, dass plötzlich alle Fröhlichkeit von ihr abgefallen war. Wenn sie aufschaute, trafen ihre Augen die seinen. Sie zwang sich, nicht hinzusehen, und spürte doch seinen Blick auf sich ruhen, spürte ihn in ihrem Nacken und wurde zornig deswegen.

Dann stand Maximilian vor ihr.

»Ich will mit dir tanzen, Julia.«

Sie tat, als bemerkte sie ihn nicht, und wandte sich zu ihrem Begleiter.

»Julia, hörst du denn nicht?«, sagte Maximilian scharf. »Ich will den nächsten Tanz mit dir haben.«

»Tut mir leid, ich habe ihn schon vergeben.«

Maximilian gab genau Obacht. Sie hatte ihn nicht vergeben und tanzte mit dem Fremden, der hier im Gasthaus »Zum Rössl« seit längerer Zeit wohnte und sich am Skikurs beteiligte.

Sie will nicht, dachte Maximilian. Gut, dann soll sie sehen, dass ich durchaus nicht auf sie angewiesen bin. Oh, sie soll nicht glauben, dass ich noch jener ungelenkige Bursche bin, den sie einmal zum Händewaschen auffordern konnte.

Er holte sich den blauen Domino abermals zum Tanz und führte ihn dann in den Nebenraum, der wie eine Tropfsteinhöhle ausgebaut war, in deren versteckten Winkeln kleine Tische standen. Kleine Ampeln brannten darüber und verbreiteten ein gedämpftes Licht.

»Was willst du trinken, kleiner Domino?«

»Was der Meister trinkt.«

Maximilian winkte der Kellnerin und bestellte eine Flasche Veltliner.

Als er die Gläser vollgeschenkt hatte, sagte er, bevor er mit ihr anstieß: »Komm, Mädchen, tu deine Maske runter. Ich möchte dir gern in die Augen sehn.«

»Geht nicht, Meister. Es ist noch nicht zwölf Uhr.«

»Warum sagst du immer ›Meister‹ zu mir?«

»Sie sind es doch, wer Sie einmal auf der weißen Piste sah, der kommt sich klein und unscheinbar vor.«

»Ach, du kennst mich?«

»Natürlich kenne ich Sie, Maximilian Brunner. Was wissen Sie, wie ich mit heißem Herzen auf Ihren Sieg in Oslo gehofft hatte.«

»So, na, das ist ja schön. Aber nun tu mir den Gefallen und sag nicht »Sie« zu mir.« Damit riss er ihr mit raschem Griff die Maske herunter. »Donnerwetter, bist du ein verdammt hübscher Kerl! Darauf müssen wir trinken.«

Das Mädel war seit Wochen zum Wintersport in Flurs, und es war ihr brennender Wunsch gewesen, den berühmten Läufer kennenzulernen. Nun saß sie mit ihm in der Nische, und ihr kleines Herz hüpfte vor freudiger Erregung. Sie war noch jung und malte sich aus, was sie morgen ihrer Freundin alles schreiben würde, die ebenfalls für den Wunderläufer von Flurs schwärmte.

»Wissen Sie eigentlich –«

Er deckte seine Hand auf ihren Mund. »Wie sagt man?«

Sie lachte glücklich auf. »Du –« sagte sie und drückte dann schnell ihr Köpfchen verlegen gegen seinen Arm. »Weißt du eigentlich, dass alle jungen Mädchen von dir schwärmen?«

»Nein, das ist mir unbekannt!«

»Doch, es ist so. In unserem Büro wurden sogar Wetten abgeschlossen, als du nach Val d'Isère gingst. Aber dann hast du uns enttäuscht.«

Maximilian fand immer mehr Gefallen an dem frischen Ding.

»Wo bist du denn im Büro?«

»In München.«

»Und jetzt hast du wahrscheinlich Urlaub?«

»Ja, aber nur noch drei Tage, dann geht es wieder an den Schreibtisch. Leider«, fügte sie noch hinzu.

»Nun ja, das muss auch sein. Komm, trink, und denk jetzt nicht ans Büro.«

Als er mit ihr anstieß, betrat Julia diesen Raum. An ihrer Seite war wieder der Wintergast. Unwillkürlich blieb sie stehen, als sie Maximilian sitzen sah. Maximilian merkte es und legte den Arm um das Mädchen an seiner Seite.

»Sag mir, wie du heißt, du lieber Domino.«

Sie sagte es ihm leise ins Ohr hinein.

»Ein hübscher Name! Prost, Rosemarie!«

Maximilian schaute auf und sah Julia mit ihrem Begleiter an einem Nachbartisch sitzen, von wo sie ihn beobachten konnte. Wunderbar war das! Er legte den Arm fester um Rosemarie und blickte auf ihren jungen, blühenden Mund, der verheißungsvoll lächelte.

Ich werde sie noch küssen, dachte er. Und er wollte es tun, solange Julia hier war.

»Ist das nicht dieser berühmte Läufer?«, wurde Julia in dem Augenblick von ihrem Begleiter gefragt.

Sie nickte und trank dann hastig aus ihrem Glas. Dennoch sah sie, dass Maximilian den blauen Domino küsste.

Julias Begleiter wollte die ausgelassene Faschingslaune nutzen, legte den Arm und sie und zog sie fest an sich heran. Doch heftig stieß sie ihn von sich.

Maximilian beobachtete das genau, und er sah auch, wie ihre Hand zitterte, als sie erneut das Glas hob. Und dann schaute sie plötzlich starr zu ihm herüber. Ein dunkles Leuchten war in ihren Augen.

Sie erhob sich, sagte etwas zu ihrem Tischherrn und verließ die Stube.

Maximilian trank mit Rosemarie die Flasche noch leer.

Aber er war plötzlich nicht mehr gesprächig, antwortete zerstreut, gab der Kleinen ein Bild mit seiner Unterschrift, weil sie ihn so inständig darum bat. Sie wollte ihm aus Dankbarkeit einen Kuss geben, aber er wehrte ab, stand unvermittelt auf und führte sie wieder in den Saal hinaus.

Dort sah er, dass Julia einen schweren Schal um die Schulter warf und fortging.

»Entschuldigung«, sagte Maximilian und ließ den Domino stehen.

Auf der Saaltreppe holte er Julia ein.

»Wohin gehst du?«

Sie sah in fragend an. »Warum willst du das wissen?«

»Julia, ich bitte dich nochmals um einen Tanz. Es ist wirklich das letzte Mal. Ich werde dir nie wieder begegnen und nie wieder das Wort an dich richten.«

Sie wusste selber nicht recht, weshalb sie es tat. Es sprach eine solch zwingende Macht aus seinem Blick, dass sie wortlos mit Maximilian zurückging.

Dann tanzte sie mit ihm. Nie hätte sie geglaubt, dass sie noch einmal in Maximilians Armen ruhen würde. Wie ein Traum war das, unter dem vieles versinken wollte. Wenn sie die Augen hob, sah sie mitten hinein in die seinen. Sie erschrak vor dem brennenden Feuer, das ihr daraus entgegenschlug, und wappnete sich, ihre Kälte zu bewahren.

Wahrhaftig, sie waren ein schönes Paar. Sie zogen alle Blicke auf sich. Und als der Tanz zu Ende war, löste sich Julia aus seinen Armen, ging wortlos weg und verließ zum zweiten Mal den Saal.

Einen Augenblick besann Maximilian sich, dann folgte er ihr.

»Du willst heimgehen, Julia?«

»Ja«, sagte sie und zog den Schal enger um ihre Schultern.

»Warum willst du jetzt schon fort? Es ist noch nicht einmal zwölf Uhr.«

Sie war nicht stehen geblieben. Erst jetzt beim Eingang verhielt sie den Schritt und sagte:

»Vielleicht deshalb, weil es mir zuwider ist, dich sehen zu müssen.«

»Julia, du lügst – das ist nicht wahr.«

»Ach, da schau, der Jäger will besser wissen, was ich denke«, sagte sie und trat hinaus in die kalte Wintersnacht.

Er blieb an ihrer Seite.

»Julia, lass diesen Spott. Ich möchte mit dir über alles sprechen.«

Sie schüttelte den Kopf.

»Zu spät, viel zu spät.«

»Nein, Julia! Schau, ich mach dir ja keinen Vorwurf, dass du mich damals einfach vergessen hast. Aber …«

Ein hartes Lachen unterbrach ihn.

»Auch das noch, Maximilian Brunner! Du warst es doch, der so schnell vergaß, was uns für alle Zeiten hätte miteinander verbinden sollen!«

»Julia, das ist nicht wahr!«

»Ach was, es ist ja zwecklos, heute noch darüber zu streiten. Geh zurück jetzt und lass mich heimgehen.«

»Nein, ich bleibe bei dir.«

»Ich kann es dir nicht verwehren.«

Immer weiter blieb der Lärm des Tanzbodens hinter ihnen zurück. Nur manchmal hörte man noch einen schrillen Gitarrenton. Die Nacht war kalt, aber dennoch wunderschön. Tausend und abertausend Sterne blühten am tiefblauen Himmelsgrund.

Sie gingen nebeneinander durch die klirrende Kälte, langsam und ohne ein Wort zu sprechen. Aber jedes spürte die Nähe des anderen mit sonderbarer Beklemmung auf sich lasten.

Endlich nahm Maximilian das Gespräch wieder auf.

»Ich muss dir nochmals sagen, Julia – ich weiß, dass du es nicht gern hören willst – aber ich muss es dennoch sagen, dass du mich damals doch schwer im Stich gelassen hast. Du ahnst nicht, wie ich auf ein einziges Lebenszeichen von dir gewartet habe. – Du brauchst gar nicht zu lächeln, Julia. Wenn meine Mutter noch leben würde, könnte sie es dir bestätigen. Ich wäre zerlumpt und verkommen, hätte ich sie damals schon nicht mehr gehabt. Nun, sie kann es dir nicht mehr sagen, aber frage doch deinen Vater. Ich hätte ihn einmal beinahe erwürgt, weil er mir nicht Auskunft geben wollte, wo du dich aufhieltest. Ach, ich wäre Tag und Nacht gegangen, nur um bei dir zu sein und zu hören, dass du mich nicht verlassen hättest!«

Julia war bei den letzten Worten aufmerksam geworden. Jetzt blieb sie stehen.

»Sag das noch mal. Was war mit meinem Vater? Warum hast du ihn angegriffen?«

»Weil ich von ihm wissen wollte, wo du dich aufhieltest.«

Julia senkte den Kopf und murmelte: »Also, so war das …« Sie glaubte ihm aufs Wort, aber sagte dann: »Weißt du, Maximilian, wenn ich dir wirklich so viel gewesen wäre, dann hättest du dich nicht nach ganz kurzer Zeit schon mit einem anderen Mädchen trösten können. Ich bin euch beiden in Innsbruck begegnet, bin euch gefolgt, aber du hast mich nicht gesehen.«

»Julia, warum hast du mich nicht angesprochen? Es wird Mary gewesen sein, die damals bei mir war, ein prächtiger, ehrlicher Kamerad. Ich habe sie jetzt in Oslo wiedergesehen. Sie ist verheiratet und in ihrer Heimat sehr glücklich geworden. Glücklicher wohl, als sie es hier bei mir hätte werden können, denn bei allem was geschah, Julia, hast du stets im Hintergrund gestanden.«

Julia ließ, von einer unendlichen Müdigkeit befallen,

die Arme sinken. »Wenn ich dir nur glauben könnte! Du hast doch gewusst, wo ich war! Zweimal habe ich es dir geschrieben. Und dann hab ich auf dich gewartet, Woche um Woche, du ahnst nicht, wie schwer die Zeit für mich gewesen ist, Maximilian.«

Zum ersten Mal hatte sie jetzt wieder seinen Namen ausgesprochen.

Maximilian starrte sie ungläubig an. »Zwei Briefe – ich habe keinen einzigen Brief von dir bekommen, ich schwör es dir, ich habe keine einzige Zeile bekommen!«

Da standen sie nun in der kalten Winternacht und kannten sich beide nicht mehr ein noch aus. Doch beide begriffen, dass ja nun etwas Entscheidendes zwischen ihnen geklärt war und dass sie Opfer eines Missgeschicks geworden waren.

»Jetzt weiß ich, Julia, warum du so abweisend zu mir warst, du konntest ja gar nicht anders handeln!«

»Hat dich denn das gewundert?«

»Es musste mich wundern, denn ich glaubte mich ja von dir verlassen und verraten.«

»Ich habe an dich geglaubt, Maximilian, wie man nur an einen Menschen glauben kann.«

»Und jetzt?«

Sie schaute ihn an. Goldene Punkte blühten in ihren Augen auf.

»Komm«, sagte sie dann und fasste nach seiner Hand.

Sie waren nicht mehr weit von der Bank, auf der das erste Mal ihre Herzen sich in Liebe gefunden hatten. Dort blieben sie stehen.

»Ich möchte dich am liebsten jetzt mit heim nehmen zu – deinem Kind –«

»Julia ...«

Sie schloss die Augen und lehnte ihre Stirn gegen die seine.

»Ja, der Kleine ist dein Sohn. Zu ihm möchte ich dich

führen und auch – zu meinem Vater. Ihm möchte ich heute gleich sagen, dass er uns ein zweites Mal nicht mehr trennen kann. Aber schau, Maximilian, das kommt zu schnell. Ich kann es noch nicht recht glauben, dass ich nochmal glücklich sein darf. Aber ich komme zu dir hinauf, wenn ich mich wieder zurechtgefunden habe. Bis dahin will ich auch zu meinem Vater noch nichts sagen. Ist es recht so, Maximilian?«

»Wirst du auch sicher kommen?«

»Ich komme, Maximilian, ich komme bestimmt. Und nun, gute Nacht.«

Sie schlang plötzlich die Arme um ihn und küsste ihn. Dann trat sie leise von ihm zurück und ging in den Hof.

Die Haustür knarrte, und ein Licht flammte auf.

Maximilian Brunner breitet die Arme weit, als möchte er die ganze Welt umarmen, so froh war ihm zumute.

Dann stieg er über den verschneiten Wald hinauf zu seinem Haus.

– 22 –

Maximilian Brunner wartete von einer Woche zur anderen Woche. Der Frühling meldete sich in diesem Jahr früh an. Im Tal schmolz der Schnee, und die Äcker begannen zu rauchen.

Droben auf den Bergen aber gab es noch viel Schnee. Tagtäglich konnte man da droben die Skifahrer beobachten. Man wollte es noch nützen, solange es ging.

Julia hatte zu ihrem Vater noch nichts gesagt, dass sie mit Maximilian wieder versöhnt war. Nur einmal hatte sie leichthin die Frage geworfen:

»Ist es möglich, Vater, dass zwei Briefe verlorengehen können?«

Der Bauer fuhr ein wenig zusammen. »Wie sollte denn ich das wissen?«

»Glaubst du, dass es möglich ist?«

»Warum denn nicht? Meinst du, dass es auf der Post keine Schlamperei gibt?«

»Ich habe nämlich zwei Briefe an Maximilian geschrieben.«

»Die wird er schon bekommen haben dann.«

»Nein, er hat sie nicht bekommen, Vater.« Sie stand dabei vor ihm und schaute ihn mit ihren dunklen Augen seltsam an. Es war ihm nicht ganz wohl unter diesem Blick, und er brauste auf:

»Was geht denn das mich an? Ich will den Namen von dem Kerl nicht hören! Warum fragst du überhaupt danach?«

»Weil ich dann – dem Maximilian Unrecht getan hätte.«

Damit ging sie hinaus. Sie wurde aber seit dem Tage den Gedanken nicht los, der Vater könne dahintergesteckt haben.

So kam die Osterwoche heran. Der Schnee war noch weiter hinauf geschmolzen. Die Bäume taten schon großartig und prahlerisch mit ihren jungen Knospen und warteten darauf, dass der nächste Sonntag sie wachküsste. Ein strahlender Himmel hing über dem Land, und die kleinen Wolken waren schon rund und flaumig wie im Sommer.

Am Ostersonntag verließ Julia mit ihrem Sohn den Hof. Sie führte ihn an der Hand, ging mit ihm den Wiesenhang hinauf und ließ es geschehen, dass der Bub sich nach Schlüsselblumen bückte; sie verhielt erst den Schritt, als sie über den Weidezaun gestiegen waren.

Hier wies Julia mit einer weit ausholenden Armbewegung in das Land hinaus.

»Das alles, mein Kind, was du ringsherum siehst, wird einmal dir gehören. Es ist deine Heimat. Und hier, mein

Sohn, hier hat einmal ein Mann Juliamama das Leben gerettet. Es war dein Vater, Bub. Heute gehen wir beide zu ihm.«

Der Bub verstand den Sinn dieser Rede nicht ganz. Er fühlte aber, dass ein großer und feierlicher Augenblick in der Mutter Leben gekommen war. Ihre Augen glänzten so überirdisch schön, und sie war so ganz anders als sonst.

Dann gingen sie aufwärts durch den stillen, uralten Wald, in dem verstreut noch Schneeflächen waren. Tapfer trippelte Maxi neben seiner Mutter.

Maximilian Brunner war zu Hause. Er wusste, dass sie kam, denn er hatte dieses Warten nicht mehr länger ausgehalten und in der vergangenen Nacht an ihr Fenster geklopft. Und da hatte sie ihm gesagt:

»Morgen kommen wir, Maximilian, ich und dein Sohn.«

Kein Stäubchen lag in der Stube, alles war sauber, und auf den Tisch hatte er einen Strauß von ersten Frühlingsblumen gestellt.

Nun, da er sie daherwandern sah, trat er aus dem Haus und ging ihnen schnell entgegen.

Der kleine Maximilian wusste nichts anzufangen mit dem ungebärdigen Übermut des Mannes, der ihn lachend in seine Arme nahm und über den Kopf emporstemmte, dann wieder zur Erde niederließ, um mit seiner Mutter das gleiche ausführen zu wollen.

Der Knabe wurde von einem Wunder in das andere gestürzt. Die Mutter, seine Juliamama, nahm den Mann um den Hals; sehr lange standen sie, und der Kleine musste sich schon bemerkbar machen, wenn er nicht vergessen werden wollte. Er drängte sich zwischen die Mutter und den fremden Mann, dem er mit seinen Fäusten gegen die Beine schlug.

Lachend nahmen sie ihn in die Mitte und gingen auf das Haus zu. Hier blieb Julia bewundernd stehen.

»Wie schön du das gebaut hast, Maximilian.«

»Aber du musst erst die Wärme hineinbringen, Julia.«

Es wurde ein froher Nachmittag. In ihm versanken alles Leid und aller Kummer der Vergangenheit. Dazwischen aber überfiel den Maximilian plötzlich die Sorge.

»Ich glaube nicht, Julia, dass dein Vater einwilligt.«

Sie nahm ihm die Sorge aus dem Herzen.

»Dann soll er es bleiben lassen. Ich bleibe dann eben bei dir. Wo du bist, ist meine Heimat und die des Buben. Heute noch werde ich mit meinem Vater sprechen. Morgen abend sage ich dir Bescheid.«

Als es dämmerte, machten Julia und der Bub sich auf den Heimweg.

Julia traf ihren Vater in der Stube. Er schien recht übler Laune zu sein.

Kaum hatte sie die Tür hinter sich geschlossen, fuhr er schon auf sie los:

»Wo wart ihr beide?«

Julia hatte keine Furcht vor ihm. Aber der Bub erschrak und starrte mit großen Augen zum Großvater auf.

»Willst du lieber nicht gar so arg schreien, Vater?«, sagte sie ruhig.

Ja, er mäßigte sich etwas, gebändigt durch ihren ruhigen Blick.

»Ich wollte dich etwas anderes fragen, Julia«, sagte er dann. »Im Garten habe ich heute nachmittag Fußspuren entdeckt, unter deinem Kammerfenster, Julia. Auch den Eindruck zweier Eisenspitzen einer Leiter. Just unter deinem Fenster, Julia.«

»Ja, und?«, fragte sie abermals ganz ruhig.

Er packte sie mit seinem Blick. Was sollte diese auffällige Ruhe an ihr? Das Misstrauen stach ihn wieder scharf und jäh wie ein Nadelstich.

»Julia, gib mir Antwort«, so forderte er auffahrend. »Hast du mit dem – mit dem Maximilian Brunner wieder angefangen?«

Julia beugte sich zu dem Knaben nieder und zog ihm das Mäntelchen aus. Dann sah sie auf.

»Ja, Vater. Wir haben erkannt, dass wir ohne unser Dazutun getrennt worden sind.«

»Du bist ja verrückt!«, schrie der Bauer, und seine Stirn färbte sich dunkelrot.

»Nein, Vater, ich war noch nie so klar wie jetzt. Und dass du es weißt, wir waren heute nachmittag bei ihm. Denn nur deswegen, weil zwei Briefe ihn nicht erreichten, wollen wir nicht Zeit unseres Lebens aufeinander verzichten. Er weiß jetzt auch, dass Maxi sein Sohn ist, und du musst dich mit dem Gedanken abfinden, dass ich nun Maximilian heirate und sonst niemanden.«

»Ausgeschlossen! Solange ich lebe, kommt mir der nicht ins Haus! Und damit du es weißt: Wenn er es wagen sollte, noch mal an dein Fenster zu kommen, so werde ich schießen!«

»Nicht nötig, Vater«, erklärte Julia, und ihre Stimme zitterte nun doch ein wenig. »Ich werde mit dem Buben zu ihm gehen und bei ihm bleiben. Mein Platz ist dort. Ein zweites Mal wird es dir nicht mehr gelingen, uns auseinanderzureißen.«

Eine Weile starrte der Stöger sie an, wie aus den Wolken gefallen. Dann fasste er seinen Bart und sagte: »Nun, wie du wünscht. Ich bin schon einmal ohne dich ausgekommen und werd es auch jetzt wieder können!«

Damit tat er, als hätte er seine gewohnte Sicherheit wiedergewonnen, langte nach Hut und Jacke und ging ins Dorf hinunter, ohne Julia oder den Buben noch eines Blickes zu würdigen.

Julia wartete lange auf ihn, denn sie wollte doch noch einmal versuchen, ihm in Güte alles auseinanderzusetzen.

Aber es wurde Mitternacht, und der Stöger war noch nicht zurück, so dass Julia in ihre Kammer ging.

Eine Stunde später hörte sie ihn mit schwerem Schritt die Stiege heraufkommen und seine Kammer aufsuchen.

Julia lag hellwach. Sie hörte, wie der Vater mit dem Knaben Maximilian redete, und verstand jedes Wort.

»Du bleibst bei mir, Bub«, sagte er. »Dich lass ich nicht fort. Gelt, du bleibst bei mir?«

Der Knabe schlief fest und gab keine Antwort.

»Wärst dumm, Bub, wenn du mit deiner Mutter gingst. Was hättest da droben bei dem Hungerleider? Bei mir musst bleiben, Kleiner, dann gehört dir einmal der ganze große Stögerhof. Wirst Bauer sein hier und brauchst dich nicht abzufretten. Lass sie nur zurennen, deine Mutter! Hauptsach ist, dass du mir bleibst.«

Endlich wurde der Stöger still. Er warf sich knarrend auf die Bettstatt, und bald darauf ging sein Atem laut und satt in den Schlaf über.

Julia lächelte. Oh, sie hatte Hoffnung, dass alles gut werden würde. Dieser Knabe könnte die Brücke werden zu einer Verständigung und glücklichen Lösung.

Am nächsten Morgen nahm der Bauer Maxi mit hinaus auf das Feld. Zu Julia sagte er kein Wort. Am Mittag ließ er den Knaben kaum von sich, obwohl Maxi seiner Mutter zu erzählen gehabt hätte, was der Großvater ihm am Vormittag alles gezeigt hatte. Am Nachmittag nahm der Stöger ihn wieder mit.

Julia lächelte über ein solches Verhalten. Der Stögerbauer hatte sichtlich Angst, den Buben zu verlieren.

Um diese leuchtende Nachmittagsstunde, als der Stöger den Buben auf dem Traktor sitzen ließ und mit ihm furchauf und furchab zog, war der Maximilian Brunner hoch oben in den Bergen und suchte die Futterplätze auf.

Der Winter hatte ihnen arg zugesetzt, und sie mussten nun wieder instand gesetzt werden.

Maximilian Brunner war heute von einer sonderbaren Unrast erfüllt. Was mochte Julia ihm am Abend für eine Botschaft bringen? Es war ja Dummheit, dass er sich darum Gedanken machte. Die Unterredung mit dem Stöger mochte ausgehen, wie sie wollte, Julia konnte ihm niemand mehr nehmen.

Maximilian blickte in das Land hinaus. Es flimmerte in der Frühlingssonne. Tief drunten zog sich das Silberband des Inns durch die Fluren. In königlicher Majestät, ewigkeitsnah, ragten die Berggipfel in den lichten Frühlingshimmel. Die Sonne umschmeichelte ihre Spitzen, doch die Kraft reichte noch nicht aus, um ihnen die weißen Kappen zu nehmen. Da musste erst noch Pfingsten ins Land ziehen.

Pfingsten! Bis dahin war alles entschieden. Bis dahin war Julia sein Weib, ganz gleich, ob unten im Stögerhof oder heroben in seinem kleinen Haus.

Die Sonne glitt zum westlichen Grat der Berge hin, überschüttete den Bergwald mit leuchtender Farbe und verschwand dann als feurige Kugel hinter den Bergen. Am Himmel zeigte sich eine gelbliche Schimmerlinie, die allmählich in ein glühendes Rot überging. Die Berge glommen im Feuer des Abends, und der Schnee an den Höhen flimmerte, dass es die Augen schmerzte.

Nicht lange dauerte dies, dann kam der Wind, der die Nacht ankündigte, und in der östlichen Ferne zogen wie feine Silberstreifen die Nebel der Dämmerung herauf.

Maximilian musste sich losreißen von dem schönen Bild. Es war höchste Zeit, heimzukommen. Julia durfte er nicht verfehlen. Er lächelte bei dem Gedanken, dass sie bei seinem Heimkommen schon auf der Bank sitzen könnte und ihn erwartete.

An einem Steilhang musste er abstoppen und abschwingen. Es war nicht ganz ratsam hier, denn die Sonne hatte doch schon einige Steine vom Schnee befreit, die nun als gefährliches Hindernis herausragten.

Über einen seichten Almhang fuhr er hinab. Und da stießen die Skispitzen plötzlich auf etwas Hartes. Ein Krachen und Splittern – Maximilian Brunner schlug mit voller Wucht zu Boden und – stand nicht mehr auf.

Ein unscheinbarer, aber sehr spitzer Felsbrocken, den er zu spät bemerkt hatte, war ihm im Sturz tief in die Brust gedrungen. Rot färbte sich der Schnee ringsum von seinem Blut. Maximilian wollte sich noch mal aufraffen, aber dann schwanden ihm die Sinne, und er blieb wie leblos liegen.

So fanden ihn nach kurzer Zeit ein paar Holzknechte. In aller Eile fertigten sie eine Bahre aus Reisern und Stangen und wollten den Schwerverletzten ins Dorf hinunterbringen zum Arzt. Sie nahmen dabei den Weg über den Stögerhof, weil das am nächsten war.

Auf dem Hof trat Julia Breitenbacher, die Tochter des Stögerbauern, zu ihnen, stieß einen markerschütternden Schrei aus und warf sich über den Schwerverletzten.

Dann kamen der Bauer und das Gesinde herbeigelaufen. Des Stögers Gesicht wurde kalkweiß. Er beugte sich nieder, hob seine Tochter an beiden Schultern hoch und wollte sie ins Haus führen. Aber inzwischen hatte sich Julia gefasst.

»Schafft ihn ins Haus«, befahl sie. Sie schaute am Vater vorbei und gab einem Knecht den Auftrag, so schnell wie möglich den Arzt herbeizuholen.

Eine bange und qualvolle Nacht kam. Der Tod ging um den Hof, aber dieser junge Mensch da drinnen wehrte sich verzweifelt gegen den Würger. Man hatte Maximilian in die obere Stube gebettet. Julia saß am Bettrand und horchte ängstlich, aber doch zuversichtlich auf den matten Schlag seines Herzens. Sie wollte nicht glauben, dass dieses Leben erlöschen könnte.

Und so ging die Nacht vorüber. Nur für wenige Augenblicke hatte Maximilian Brunner das Bewusstsein erlangt. Er wusste nicht recht, wo er sich befand.

Am nächsten Morgen geschah etwas Seltsames. Als Julia aus dem Zimmer trat, stand der Vater im Flur.

»Wie geht es ihm?«, fragte er.

»Er wird leben«, sagte Julia, und sie war beglückt über die Frage des Vaters.

Der Arzt kam wieder und blieb fast den ganzen Vormittag da. Am Abend kam er wieder, drei Tage hindurch jeden Morgen und Abend. Es stand schlecht um Maximilian Brunner.

Julia tat es trotz aller Angst um Maximilian wohl, dass der Vater sich um sie so bemühte. Er wollte sicher gutmachen, was er einmal an ihr gefehlt. Ja, es machte nicht einmal mehr ein Hehl daraus, dass dieser Knabe da am Hof Maximilian Brunners Sohn war.

Das wirkte versöhnend auf Julia. Sie sah in dieser Bereitschaft ein gutes, versöhnendes Licht nach all den dunklen Stunden der Vergangenheit.

Endlich war Maximilian über den Berg, die Wunde heilte, und es bestand Hoffnung, dass er wieder gesund werden würde.

Der Frühling verging, und als die Tage in sommerlicher Höhe standen, konnte Maximilian das erste Mal das Haus verlassen.

Er ging langsam, die Schultern ein wenig nach vorn geneigt. Die Wunde in der Brust erlaubte ihm noch nicht, so kerzengerade zu gehen wie früher. Er schritt den Wiesenpfad entlang und blieb dann horchend stehen. Über das Kornfeld kamen Stimmen. In ruhiger Besonnenheit sprach da ein Mann, und dazwischen plapperten die hellen Fragen eines Knaben.

Die Sonne schien mütterlich warm auf den Kornacker herunter. Der Großvater ging mit seinem Enkel, der ein

Büschel blutroter Mohnblumen in den Händen trug. Am Ackerrand trafen sie dann alle drei zusammen. Der Alte lachte herzhaft und war erfreut, dass die Schritte den Kranken schon so weit zu den Feldern herausführten.

»Die Äcker stehen gut heuer«, sagte der Stöger. »Es gibt eine gute Ernte – meine letzte Ernte. Nächstes Jahr ist es die deine. Da bist du Bauer hier, und ich geh in den Austrag.«

Maximilian wollte etwas sagen. Doch der Alte unterbrach ihn beinahe heftig:

»Sei nur still, ich weiß schon, dass ich gefehlt hab an dir und der Julia. Das will ich gutmachen. Und es wird am besten so sein, dass sie dein Weib wird und du hier der Bauer bist, redlich und treu dem Hof dienst, bis du ihn einmal in die Hände deines Sohnes gibst.«

Als sie zum Hof niederstiegen, stand Julia unter der Haustür. Ein Sonnenbündel umschmeichelte ihre hochgewachsene, schlanke Gestalt. Sie hob den Arm und grüßte die drei lächelnd.

Die beiden Männer hatten den Knaben in die Mitte genommen. Er schritt als feines Glied in einer Kette von Generationen. Erst als er der Mutter näherkam, löste er sich von den Männern und stürzte in ihre ausgebreiteten Arme.